总有一天，我们会挣到钱，会有个小房子，有几亩地、一头牛、几头猪，还有——

他们每个人的脑海里都有一小块土地，可从来没有人真正得到它，它就像遥不可及的天堂。

OF MICE AND MEN

人鼠之间

〔美〕约翰·斯坦贝克 著

潘邦美 绘

麦秋林 译

北方联合出版传媒（集团）股份有限公司

万卷出版公司

ⓒ 约翰·斯坦贝克　潘邦美　麦秋林　2020

图书在版编目（CIP）数据

人鼠之间 /（美）约翰·斯坦贝克著；潘邦美绘；
麦秋林译. — 沈阳：万卷出版公司，2020.6
ISBN 978-7-5470-5219-8

Ⅰ.①人… Ⅱ.①约… ②潘… ③麦… Ⅲ.①中篇小说—美国—现代 Ⅳ.①I712.45

中国版本图书馆CIP数据核字（2019）第293756号

出 品 人：刘一秀
出版发行：北方联合出版传媒（集团）股份有限公司
　　　　　万卷出版公司
　　　　　（地址：沈阳市和平区十一纬路25号　邮编：110003）
印 刷 者：辽宁新华印务有限公司
经 销 者：全国新华书店
幅面尺寸：155mm×220mm
字　　数：110千字
印　　张：10.5
出版时间：2020年6月第1版
印刷时间：2020年6月第1次印刷
责任编辑：王铮铮
责任校对：高　辉
装帧设计：▨鼎籍文化创意　马婧莎
插　　图：潘邦美
ISBN 978-7-5470-5219-8
定　　价：25.00元
联系电话：024-23284090
传　　真：024-23284448

约翰·斯坦贝克（1902—1968）

　　约翰·斯坦贝克出生于美国加利福尼亚州萨利纳斯镇。镇上距太平洋海岸很近，镇子上有一个土质肥沃、良田丰美的峡谷——在斯坦贝克的一些优秀的作品中，故事场景中会出现峡谷与海岸。1920 年至 1925 年，斯坦贝克进入斯坦福大学学习。其间，他断断续续地选修了一些文学课程和写作课程，但并未获得斯坦福大学的学位。之后，他创作了《金杯》《月亮下去了》《天堂牧场》《人鼠之间》《小红马》《愤怒的葡萄》等多部作品。约翰·斯坦贝克生于美国 20 世纪 30 年代的经济大萧条时期，所以他的许多作品以美国的土地和农民为题材，极具同情心。其中，《愤怒的葡萄》获普利策奖。1962 年，他凭借《人鼠之间》获得了诺贝尔文学奖。

"作家有义务向全世界宣告并赞美人类的抗打击能力、豁达的胸怀、崇高的精神、永不言败的斗志，以及人类内心的果敢、激情和仁爱。在同软弱与绝望进行的永不停息的对抗中，这些品格是一面振奋人心的光辉旗帜。

　　"我坚信，一个作家如不能满怀激情地相信人类具有这些近似完美的能力，那么，他在文学方面就会毫无建树，也不应该在文学领域中占有一席之地。"

——约翰·斯坦贝克 1962 年获奖演说词

目 录

一

总有一天，我们会挣到钱，会有个小房子，有几亩地、一头牛、几头猪，还有——

索莱达镇以南数公里处，萨利纳斯河紧贴山体坠入潭中。潭水幽深而清澈，而且还暖洋洋的，因为明媚的阳光下，潋滟的清波滑过被太阳晒得黄澄澄的沙子，才会流进这湾窄潭。萨利纳斯河一侧为金灿灿的山坡，另一侧为峡谷。山坡向上延伸是雄伟嶙峋的加比兰山脉，峡谷这边的水岸树木成行，其中有依依的垂柳。每到芳春时节，柳树青翠欲滴，到了冬季，潭水上涨，位置较低的柳叶间夹杂着水中残物。还有梧桐树，斑斑驳驳的白色梧桐枝干横向生长，拱悬在水潭之上。树下的沙岸上铺着厚厚的树叶，树叶又干又脆，倘若蜥蜴在叶间穿行，可快速地一掠而过。傍晚，兔子会从灌木丛中出来，坐在沙子上；潮湿的平地上可见浣熊夜间出没的踪迹，还有许多农场犬的掌印；野鹿会趁着黑夜到潭边饮水，地上也会留下它们状如两片分开花瓣的足印。

一条小径从柳树间穿过，在梧桐间穿行，农场里的男孩们总是踏着这条小径来到深潭里游泳，夜间从公路上走来的满身疲惫的流浪汉们也会踏着这条小径来到水潭边过夜。一棵巨型梧桐树上有根低矮的平卧树干，树干前堆着火灰，那是无数次燃起的篝火留下的，树干表面很光滑，那是坐在上面的人磨出来的。

一个炎热的傍晚，微风拂过树叶，阳光投下的影子沿着山体爬上山巅。兔子静静地端坐在沙岸上，仿若一尊小灰石雕。接着，从州际公路的方向传来脚步踏上干脆梧桐叶的声响。兔子赶忙悄无声息地找地方躲起来。一只纤腿颀长的鹭费力起身，拍打着水面往下游而去。一时间，所有的活物都逃离了此地，然后小径上出现两个男人的身影，他们走到碧潭边的空地上。

两人一前一后沿小径走来，哪怕到了空阔地，其中一人还留在另一人的身后。他们俩身着带黄铜纽扣的斜纹粗棉布衣裤，头上都戴着没了形的黑帽，肩上都挂着紧紧卷起的毯子。走在前面的人身材矮小，动作敏捷，脸庞黝黑，两眼溜来溜去，五官凌厉，长相刚毅。他身上的每个部位都清晰可见：手不大但很强壮，胳膊比较细，鼻梁窄而笔挺。走在他身后的人则正好相反：身材魁梧，脸形没有棱角，两眼虽大，但却没神，双肩宽而下垂，他的步履沉重，

有点儿拖着脚走路，就像狗熊拖拽熊爪那般。手臂并没有放在身侧摇摆，而是松松垮垮地吊在身边。

前者在空地上猛然收住脚步，后者差一点儿就撞到他的身上。他脱下帽子，用食指擦了一下帽衬里的吸汗带，弹去汗水。那个魁梧的同伴放下毯子，猛地扑倒在地，从碧潭中喝起水来；他狠狠地灌了好几口，然后像马似的在水里打起响鼻。那个小个儿的男人慌忙走到他跟前。

"伦尼！"他尖声叫道，"看在上帝的份儿上，伦尼，别喝那么多。"伦尼继续在水潭里打着响鼻。小个子倾身过去，摇晃他的肩膀。"伦尼，你会像昨晚一样闹肚子的。"

伦尼把整个头都伸到水下，连同帽子和整张脸，然后在潭边坐起来，帽子滑到蓝色外衣上，从后背落下去。"真不错，"他说，"你喝点儿，乔治。你要好好喝上一大口。"他开心地笑起来。

乔治取下铺盖卷，轻轻放在岸边。"我可不确定这水是否干净，"他说，"看起来水里漂着好多浮渣。"

伦尼的大手掌在水中玩着，他摆动手指，让潭水溅起点点水花，涟漪荡漾，漫过潭面，抵达彼岸，又折返回来。伦尼望着起伏的水纹说："看啊，乔治，看我干了什么？"

　　乔治跪在潭边，用手掬起潭水，快速喝了几口。"喝起来还好。"他承认。"可真没必要着急。伦尼，你永远都不能喝死水，"他无可奈何地说，"你若是渴了，就喝水沟里的水。"他往脸上泼了一捧水，用手搓了把脸，还洗了洗下巴与脖子，然后戴好帽子，从水边挺起身，竖起膝盖，抱住，变成抱膝的坐姿。伦尼一直看着乔治，模仿他的一举一动：挺起身，竖起膝盖，抱住，再望向乔治，检查自己做得对不对。他还把帽子往下拉了一点儿，更往眼睛上压，就像乔治的帽子那样。

　　乔治阴郁地凝望着潭水。余晖将他的眼眶映衬得红通通的。他气愤地说："如果那个司机不胡说八道，我们本可以坐车直达农场。说什么就沿公路再走一小段路，"他说，"就一小段路。这都快走了五六公里了，他不想开到农场门前，就是这样！他太懒了，不愿意开过来。我就纳闷儿，他怎么就不能行行好，干脆别在索莱达镇停车。把我们踢下车，还说：'就沿公路再走一小段路。'我打赌，这根本不止五六公里。大热天的。"

　　伦尼怯懦地望着他。"乔治？"

　　"嗯，干吗？"

"我们去哪啊，乔治？"

小个子男人往下拽了一下帽檐，怒气冲冲地看着伦尼。"所以说，你忘了，对不对？我还要再告诉你一遍，对不对？天啊，你真是个笨蛋！"

"我忘了，"伦尼轻声说，"我努力不忘，天地可鉴，我真的努力了，乔治。"

"好的，好的，我再告诉你一遍。我本就无所事事。最好就是把所有时间都用来告诉你一些事，然后你忘记，我再告诉你。"

"我一再努力，"伦尼说，"可都没用。我记得关于兔子的事儿，乔治。"

"别管兔子啦。你能记住的只有它们，兔子。好吧！现在仔细听着，这次你要好好记牢，这样我们就不会有麻烦。你记得我们坐在霍华德街边的排水沟里，看着那块黑板的事儿吗？"

伦尼脸上绽放出喜悦的笑容。"当然啦，乔治，我记得这事儿……可……之后我们做了什么？我记得有几个女孩走过来，你说了话……你说……"

"先别管我说什么。你记得我们去到默里雷迪社[1]，他们交给我们工卡和车票吗？"

"哦，当然，乔治，现在我想起来了。"伦尼迅速把手伸进外衣侧兜。他轻声说："乔治……我的没了。我肯定是弄丢了。"他绝望地低头看向地面。

"压根儿就没在你身上，你这傻子。我都拿着呢。你觉得我会让你自己拿工卡吗？"

伦尼安心地咧嘴笑了起来。"我……我还以为我把它放进侧兜了。"他的手又伸进兜里。

乔治严厉地盯着他。"你从兜里拿出了什么？"

"我兜里什么都没有，"伦尼狡黠地说。

"我知道兜里没有，你攥在手里了。你手里的是什么，躲躲藏藏的？"

"什么都没有，乔治，真的。"

"来吧，拿过来。"

伦尼攥紧的手躲开乔治。"一只老鼠而已，乔治。"

"老鼠？活生生的老鼠？"

"嗯，嗯，就是一只死老鼠，乔治。我没有弄死它。

1　译者注：默里雷迪社是一家安排农场工作的机构。

真的！我发现它的时候，它就已经死了。"

"拿过来！"乔治说。

"啊，把它留给我吧，乔治。"

"拿过来！"

伦尼听话地将攥紧的那只手慢慢地递了过去。乔治拿起老鼠，把它扔到水潭另一边的灌木丛中。"不管怎么样，你要只死老鼠来干吗？"

"我们走路的时候，我可以用拇指摸着它。"伦尼说道。

"嗯，你跟我走路的时候，没老鼠可摸。你还记得我们现在要去哪吗？"

伦尼似乎猛地一激灵，然后尴尬地把脸抵着膝盖藏起来。"我又忘了。"

"天啊，"乔治无奈地说，"好吧，听着，我们要到一个农场干活，就像我们刚在北部待过的那个一样。"

"北部？"

"在韦德镇。"

"哦，当然，我记得，在韦德镇。"

"我们要去的那个农场就从这里往下再走约莫五百米。我们要进去见老板。现在，听着：我会把工卡交给他，可

你必须一声不吭。你就站在那儿，什么话都不说。倘若他发现你是个傻子，那么我们就得不到工作了。但是，倘若他在听你说话前，先看到你干的活儿，那就十拿九稳了。明白吗？"

"当然，乔治。我当然明白。"

"好的，现在，我们进去见老板，你要怎么办？"

"我……我……"伦尼思索着。伴随着思考，他的脸绷紧起来。"我……一声不吭，就站在那儿。"

"好孩子，就这么说定了。你要把这话说上两三遍，确保自己不会忘记。"

伦尼瓮声瓮气地喃喃自语："我一声不吭……我一声不吭……我一声不吭。"

"好了，"乔治说，"你也不能像在韦德那样干坏事儿。"

伦尼一脸费解。"像在韦德那样？"

"哦，所以说，你把这也忘了，对吗？好的，我不会提醒你的，就怕你又干一回。"

伦尼脸上闪过幡然醒悟之色。"他们把我们赶出韦德了。"他爆发出胜利的欢呼。

"把我们赶出去？别胡扯了，"乔治厌恶地说，"是我们自己跑的。他们正在搜寻我们，可他们没有抓到我们。"

伦尼开心地咯咯笑起来。"你知道的，我没有忘记这事儿。"

乔治往后躺倒在沙子上，双手交叉，枕在头下，伦尼效仿他的动作，同时抬起头查看自己做得是否正确。"天啊，你真是麻烦死了，"乔治说，"倘若我没你这个小尾巴的话，会过得多么轻松自如，多么美好如意。我会活得很轻松，可能会有个女朋友。"

伦尼安静地躺了一会儿，然后满怀希冀地说道："我们要在农场干活了，乔治。"

"好的，你明白了。可我们现在要在这儿睡一晚，我自有我的道理。"

此时此刻，白昼正在快速逝去。阳光已从峡谷消失，唯有加比兰山脉的山巅沐浴在如火的余晖之中。有条水蛇在潭面滑行，蛇头抬起，状似小潜水镜。芦苇在水流里微微颤动，公路那边有个男人在喊话，另一个男人向他回应。轻风吹过，梧桐树枝沙沙作响，可风即刻便停了。

"乔治，为什么我们不去农场吃点晚餐呢？他们在农场里吃晚餐。"

乔治侧翻过身。"对于你来说，可能无法理解，可我喜欢这里。明天我们就要干活了。一路上我见到了打谷机，这就意味着我们将要一直打谷，辛苦劳作。今晚，我会躺在这里，仰望天空。我喜欢这样。"

伦尼跪立起身，俯视乔治："我们不吃晚餐了？"

"我们当然要吃，倘若你能拾些枯柳枝回来的话。我的铺盖卷里有三个豆罐头。你来生火。把树枝放好后，我给你火柴。然后我们把豆子加热，吃晚餐。"

伦尼说："我喜欢番茄酱配豆子。"

"嗯，我们没有番茄酱。你去捡拾柴火吧，别到处乱跑。很快天就黑了。"

伦尼拖着笨拙的脚步消失在灌木丛中。乔治躺在原地，轻轻吹着口哨。伦尼是往下游去的，从他离开的方向传来水花飞溅的声音。乔治停下口哨聆听，轻声说了一句："可怜的傻子。"然后又继续吹起口哨。

不一会儿，伦尼横冲直撞地穿过灌木丛回来了，手里拿着一根小柳枝。乔治坐起身，直截了当冲他说："好吧，把那只老鼠给我！"

可伦尼做出一个极其无辜的手势。"什么老鼠，乔治？

我没有老鼠。"

乔治伸出手。"来吧，把它给我。你糊弄不过去的。"

伦尼犹豫着，往后退，目光往灌木丛那边溜来溜去，仿佛心里正在盘算要跑开，让乔治没法控制他。乔治冷冷地说："要不你乖乖地把那只老鼠给我，要不我就狠狠揍你一顿。"

"给你什么，乔治？"

"你心知肚明。我要那只老鼠。"

伦尼心不甘情不愿地把手伸进衣服兜里。他的声音有点儿哽咽："我不明白为什么我不能留着它。这只老鼠不属于任何人。不是我偷来的，我发现它就躺在路边。"

乔治的手一直强硬地伸着。伦尼慢慢地往前挪步，后退，又往前，仿若一只不想把小球交给主人的小猎狗。乔治凶巴巴地打了一下响指，听到这个声音，伦尼马上将老鼠放到他的手心。

"我没对它干坏事，乔治。就是摸摸它。"

乔治站起来，使劲将老鼠扔进越来越暗的灌木丛中，有多远扔多远，然后走到潭边洗了把手。"你这疯子。难道你没想到我会看出你想过河去找它，然后把脚都弄湿

了?"乔治听到伦尼隐隐的抽泣声,看到他的身子拧来拧去。"哭哭啼啼像个婴儿!天啊!亏你长这么大的个子。"伦尼双唇颤抖,泪水涟涟。"啊,伦尼!"乔治把手放到伦尼的肩膀上。"并非我刻薄才将它扔掉。那只老鼠死了,伦尼。再者,你摸它的时候把它弄破了。你另外去找只活老鼠吧,我会让你留它一会儿。"

伦尼坐到地上,沮丧地耷拉着脑袋。"我不知道哪儿会有老鼠。我记得以前有位女士只要一得到老鼠,就会把它们给我。可那位女士不在这儿。"

乔治嘲讽道:"女士,哈?你甚至不记得那位女士是谁了吧?那是你的亲阿姨克拉拉。她不会再给你老鼠了,因为你老是把它们弄死。"

伦尼抬起眼,悲伤地望着乔治,满怀歉意地说:"它们那么娇小,我摸它们,不一会儿,它们咬我的手指。我就掐了一下它们的脑袋,然后它们就死了,因为它们那么娇小。"

"乔治,我希望我们很快就会有兔子。它们没有那么娇小。"

"你可放过兔子吧。而且,我再也不会把活老鼠交给你了。你阿姨克拉拉曾经给过你一只橡皮老鼠，可你也不喜欢它。"

"它们摸起来不好玩。"伦尼说。

落霞的光辉隐离山巅，薄暮降临峡谷，垂柳树与梧桐树林变得昏暗起来。一条大鲤鱼升至潭面，大口大口呼吸空气，然后又神神秘秘地沉入漆黑的水里，留下一圈圈不断荡漾开去的涟漪。头顶的树叶又拂动起来，团团小柳絮被风吹散，落到潭面。

"你要弄点木头来吗?"乔治问道，"在那棵梧桐树后面就有很多，都是洪水留下的木材。现在你去取来。"

伦尼走到树后，取回一些枯叶干枝，放到那堆老火灰上，垒起来，然后一次又一次回到树后去。此刻，天几乎全黑了。一只白鸽从潭上飞过，翅膀掠过水面，发出呼啸声。乔治走到柴火堆前，点燃枯叶。火苗在树枝间噼啪作响，篝火熊熊燃起。乔治打开铺盖卷，拿出三罐豆子。他把罐头立在火堆旁，靠近火焰，但却不碰火苗。

"这些豆子足够四人吃的了。"乔治说。

伦尼隔着篝火望向乔治，耐着性子说:"我喜欢番茄酱配豆子。"

乔治气炸了。"哈，我们丁点儿番茄酱都没有，每次我们没什么，你就要什么。天地可鉴啊，倘若我独自一人，能活得多么轻松自在。我可以去找份工作，勤恳干活，无忧无虑，一切安好。月底来临，我可以拿着五十块钱到镇上，想买什么就买什么。哼，我可以随心所欲挑选餐厅、酒店或任何场所，想吃什么点什么。每个月我都可以做这一切。畅饮威士忌，坐在台球室里，玩牌或打台球。"伦尼跪下来，隔着篝火望着怒气冲冲的乔治。伦尼脸上满是恐惧之色。"而我有什么呢?"乔治继续怒不可遏地说，"我有你!你留不住工作，每次我得到一份工作，你都会弄丢，老是让我四处奔波。那还不是最糟糕的。你还老惹麻烦。你干坏事，我还要救你出来。"他已几近吼叫。"你这个疯子，是你让我随时随地置身于水深火热中。"他刻意惺惺作态，就像小女孩彼此模仿的那个样子。"只想摸一下那女孩的衣服，只想把衣服当成老鼠那样摸一下，好吧，她怎么会知道你只是想摸一下衣服呢?她猛地往后退，你抓住衣服不放，仿佛那就是只老鼠。她叫嚷起来，我们只能一整天躲在灌溉沟渠里，因为大伙儿都在找我们，到了天黑才能悄悄溜出去，离开那个地方。向来如此，一向如此。

我真希望我能把你放进一个装有无数只老鼠的笼子里，让你好好玩儿。"忽然之间，乔治的怒气消失了。他隔着篝火望着伦尼痛苦的脸庞，然后羞愧地看向火苗。

此时，天已经很黑了，可篝火将他们头顶上的树干和虬枝照得通亮。伦尼小心翼翼地绕着篝火慢慢爬行，爬到乔治跟前，然后起身跪坐。乔治转动豆子罐，让罐子的另一侧对着篝火。他假装没有注意到伦尼就在身旁。

"乔治，"声音很轻。没有回答。"乔治！"

"你想干吗？"

"我只是开玩笑的，乔治。我不要番茄酱。哪怕番茄酱就在跟前，我也不会吃的。"

"倘若番茄酱就在这里，你可以吃一点儿。"

"可我一点儿都不吃，乔治。我把它全留给你。你可以把番茄酱倒到你的豆子上，我连碰都不会碰它。"

乔治还是一脸沉郁地凝视着篝火。"去幻想可以没有你的美妙时光，我真是疯了。我永远都不会安宁。"

伦尼还跪着，视线转向河对面的一片黑暗中。"乔治，你想要我离开，留你独自一人吗？"

"你能走到哪去？"

"嗯，我可以。我可以走到那边的山里，在一处找个洞。"

"是吗？你怎么吃东西？你没能力，找不着吃的。"

"乔治，我会找到一些东西。我不需要用番茄酱配的好东西。我会躺在阳光下，不会有人伤害我。如果我找到一只老鼠，我可以留着它，不会有人把它拿走。"

乔治迅速看了他一眼，带着探究的意味："我很刻薄，对吗？"

"如果你不要我，我可以走到山里，找个洞。我随时可以走。"

"不，听着！我只是开玩笑的，伦尼。我当然要你跟我在一起。老鼠的问题在于你老把它们弄死。"乔治停顿了一下，"伦尼，让我来告诉你我会怎么办。最有可能的情况是我给你弄只小狗。也许你不会弄死它。那就比老鼠好。你可以更使劲地摸它。"

伦尼没有上钩。他已经意识到自身所处的优势。"你若是不要我，只要说出来便可，我就会走到山里，就是上面的那些山，自己生活。而且，我不会让人偷走我的老鼠。"

乔治说："伦尼，我要你跟我在一起。天啊，倘若你孤

身一人，有人会把你误认为丛林狼，将你射杀。不，你要跟我在一起。尽管你克拉拉阿姨已经不在了，可她不想你一个人跑掉。"

伦尼狡猾地说道："跟我说说，就像你之前说的。"

"说什么？"

"说兔子的事。"

乔治斥责他："你不能逼我。"

伦尼恳求道："来嘛，乔治，跟我说说。乔治，求求你。就像你之前说的。"

"你很得意，对吗？好吧，我跟你说说吧，然后我们就吃晚餐……"

乔治的声音低沉下去。他抑扬顿挫地复述着这些话，仿佛此前已说过千遍万遍："那些像我们一样在农场干活的家伙，是世界上最孤独的人。他们没有家人，居无定所。他们来到一个农场，干活挣钱，然后到镇上喝酒，挥霍精光。接下来，你就会发现他们又到其他农场埋头苦干。他们毫无盼头。"

伦尼高兴了。"就是这样，就是这样。现在说说我们是怎么样的。"

乔治继续说:"我们不是这样。我们有未来。我们有可以说话的人,有在乎我们的人。我们不会因为无处可去,只能坐在酒吧里,喝得酩酊大醉。倘若他们这些家伙进了监狱,没人会在乎,他们只能在牢里烂掉。可我们不会这样。"

伦尼插进话来:"可我们不会这样!那为什么呢?因为……因为我有你照顾着,你有我照顾着,这就是原因所在。"他兴高采烈地笑了起来。"现在继续往下说,乔治!"

"你倒是记在心里了。你自己来说吧。"

"不,你来。有些我记不住。说说接下来怎么样。"

"好吧。总有一天,我们会挣到钱,会有个小房子,有几亩地、一头牛、几头猪,还有——"

"还有,过上美美的生活,"伦尼大喊,"还有兔子。继续说啊,乔治!说说我们的园子里会有什么,说说笼子里的兔子,说说冬天的雨天和火炉,说说奶油上的乳脂层有多厚,就好像你都快要切不动似的。说说这些,乔治。"

"为什么你不自己来说呢?你一清二楚啊。"

"不……你来说。如果我来说,就不一样了。继续说啊……乔治,我怎么照顾那些兔子的。"

"好吧，"乔治说，"我们会弄块大菜地，弄个养兔子的木棚，养几只鸡。遇到冬季的雨天，我们就会说：别管工作啦！我们会在炉子里升起火，围在炉火边，倾听雨滴落在房顶的滴嗒声——哎呀！"他从兜里掏出小刀。"我没时间再说下去了。"他把刀子插入其中一个豆罐头的盖子，将盖子划开，然后递给伦尼。接着打开第二罐。他又从侧兜拿出两把勺子，并将其中一把递给伦尼。

他们坐在篝火边，大快朵颐起来。一些豆子从伦尼的嘴角流出来，乔治用勺子比画了一下。"明天老板问你问题的时候，你要怎么说？"

伦尼停下咀嚼的动作，咽下嘴里的食物。他的神情很专注。"我……我要……一声不吭。"

"好孩子！真棒，伦尼！也许你的情况好多了。等我们弄到几亩地，我可以让你来照顾兔子。尤其是如果你能像记住这件事一样棒的话。"

伦尼因自豪而哽咽起来。"我能记住。"他说。

乔治又拿勺子比画了一下。"听着，伦尼，我要你四处看一下。你能记住这个地方，对吗？农场就在那边四五百米开外。就沿这条河往下。"

"当然。"伦尼说，"我能记住这里。我不是记住'要一声不吭'了吗？"

"你当然记得。好的，听着，伦尼，倘若你像过去一样，碰到麻烦，我要你到这里来，躲进灌木丛。"

"躲进灌木丛，"伦尼缓慢地说着。

"躲进灌木丛。一直等到我来找你。你能记住吗？"

"我当然能，乔治。躲进灌木丛，直到你过来。"

"可你不能惹麻烦，因为，如果你惹了麻烦，我就不让你照顾兔子。"乔治将吃空的豆罐头扔进灌木丛。

"我不会惹麻烦，乔治，我会一声不吭。"

"好的。把你的铺盖卷拿到火边上来。睡在这里会很舒服。可以抬头望天空，还有树叶遮挡。不要再添柴火了，我们让火苗自己燃尽。"

他们把铺盖卷铺在沙子上，随着火苗变小，火光能照到的范围也缩小了，在微弱的火光中，那些弯弯曲曲的树枝看不到了，只能见着树干的影子。伦尼的声音从黑暗中传来："乔治，你睡着了吗？"

"没有，你想干吗？"

"让我们养些不同颜色的兔子吧，乔治。"

乔治迷迷糊糊地说："我们当然会养的，养红的、蓝的、绿的兔子，伦尼，多如牛毛的兔子。"

"养毛茸茸的，乔治，就像我在萨克拉门托的集市上看到的那些。"

"当然，毛茸茸的。"

"当然，我也可以直接离开，乔治，住到洞里。"

"你可以直接下地狱，"乔治说，"现在闭上你的嘴吧。"

火炭泛着淡淡红光。河对岸的山丘上有只丛林狼在哀号，而河流的这边有只狗做出应答。梧桐树叶在夜晚的微风中窃窃私语。

二

能一起干活的人不多，我不知其中缘由。也许，在这个糟糕的世界上，人人都存有戒心吧。

农场工棚是长方形的长条建筑，棚内四壁刷成白色，地板没有经过粉刷。三面墙壁上都有正方形的小窗户，第四面墙上有扇带木门闩的实板门。八张床铺顶墙而立，其中五张床上铺着毯子，另外三张只盖着粗麻布。每张床铺上钉着一个苹果形的柜子，柜子敞着口，里面有两层架子，床铺的主人可用来放自己的私人物品。架子上堆满了小物件，如肥皂、爽身粉、刮胡刀以及那些农场工人超爱看的西部杂志，他们一方面会对这些杂志的内容嗤之以鼻，另一方面会暗地里信以为真。架子上还放着药品、小瓶子和梳子，柜子侧边的钉子上挂着一些领结。一面墙边上有个黑铁炉，炉子的烟囱直通到房顶。房子中央放着一张大方桌，桌上扔着一堆纸牌，桌子四周围着一些箱子，玩牌人会坐在箱子上。

上午大约十点，阳光从侧窗透射进来，形成一条盈满尘埃的光柱。苍蝇在光柱中飞进飞出，宛如流星。

木门闩抬起，房门打开，有个身材高大、弯腰驼背的老翁进了屋。他身穿蓝色牛仔服，左手拿着一把大扫帚。

乔治跟着他进屋，跟在乔治身后的则是伦尼。

"老板想着你们昨晚会到，"老清洁工说，"可你们直到今天早上才出现，他气得暴跳如雷。"老清洁工抬起右臂，袖子里伸出一个如同木棍的圆手腕，可没有手。他用右臂指了一下靠近炉子的两个床铺说："你们用那两张床。"

乔治走过去，将铺盖卷扔到装着稻草的麻布袋上，这个稻草麻布袋就是床褥。他往床铺的那个柜子里看了一眼，然后从柜架上拎出一个小黄罐子。"话说，这是什么鬼？"

"我不知道。"老清洁工说。

"这上面说'有效杀灭虱子、蟑螂或其他害虫'。你到底给了我们什么样的床铺？我们可不要虱子。"

老清洁工把扫帚换了个位置，把它夹在手肘与身体之间，同时伸手拿起罐子。他仔细研究了一下上面的标签，末了说："告诉你啊，上一个使用这张床的人是个铁匠，绝对是个好人，你就没见过那么干净整洁的人，甚至常常会在吃完东西之后就要洗手。"

"那他怎么会弄来虱子？"乔治有点火了。伦尼把铺盖卷放到邻床坐下，瞠目结舌地望着乔治。

"让我告诉你吧，"老清洁工说道，"这个铁匠名叫惠特尼，他是那种哪怕没虫子也会把这东西放在身边的人，就是要确保万无一失啦，明白吗？告诉你，他以前老干的事儿啊：吃饭的时候，他会把煮熟的土豆的皮剥掉，而且吃之前，甚至还会把各种小点点全弄掉，不管是什么样的斑点。如果鸡蛋上有个红点，他就会刮掉。最后就直接不吃。他就是这种人，干净整洁。以前啊，每到礼拜日，哪怕他哪儿都不去，也会穿戴整齐，甚至戴上领结，然后端坐在工棚里面。"

"我不大明白啊，"乔治满腹狐疑地说，"那你说说他为什么辞工不干了？"

老清洁工把黄罐子放进兜里，然后用指关节擦了擦毛茸茸的络腮白胡子。

"为什么……他……找个理由就辞工不干了呗。说是因为食物。就想换个地方。除了食物之外，他没提其他原因。一天晚上，他就说了句'我不想浪费时间了'，这话谁都会说。"

乔治提起床垫，查看床垫底下。他探身过去，仔细检查麻布袋。伦尼即刻站起来，同样也检查自己床上的麻布袋。最后乔治似乎满意了，于是打开铺盖卷，将各种物件

放到架上：刮胡刀、肥皂、梳子、药瓶、镇痛油、皮腕带。然后用毯子将床铺得整整齐齐的。老清洁工说："我猜老板马上就会到这里来。今天早上你们不在这里，他当然是暴跳如雷的。当时我们正在吃早饭，他直接进来说：'那些新人到底在哪？'他还把马夫也狠狠地修理了一顿。"

乔治拍打被褥，将它弄得平平整整，没有一丝皱褶，然后坐下来，问："把马夫狠狠地修理了一顿？"

"一点儿没错，要知道，那马夫是个黑人。"

"黑人，哈？"

"是的。也是个好人。有匹马踢了他一脚，于是就驼背了。每每老板生气的时候，就会恶狠狠地修理他。可那马夫根本不在乎。他读过很多书。他房里有书。"

"老板是个怎样的人？"乔治问道。

"嗯，他是个挺好的人。有时候会大发雷霆，可他挺好的。告诉你啊，你知道他在圣诞节都干了什么？他把一大桶威士忌拿到这里来，说：'开怀畅饮吧，小伙子们。圣诞节一年可只有一次哟。'"

"真是稀奇啊，整整一大桶？"

"是的，先生。天啊，我们玩得可开心了。那天晚上，他们让那黑人进来。那个名叫斯米蒂的小个儿，是个赶牲口的，来找黑人的茬儿。他很会打人。那帮家伙不让他用脚，所以黑人赢了他。斯米蒂说，如果他能用脚，会杀了那黑人。那帮家伙说，由于黑人是个驼背，所以斯米蒂不能用脚。"他在品味回忆的过程中停顿了一下。"之后，那帮家伙去了索莱达镇纵情狂欢。我没去。我不会再犯傻了。"

伦尼刚刚铺好床。木门闩再次抬起，门打开了。门口站着一个矮壮敦实的男人。他身穿蓝色牛仔裤、法兰绒衬衫、敞开的背心和黑色的外衣。他的皮带两侧各有一个正方形的铁制扣环，两个拇指分别扣在环上。他头上戴着一顶土褐色的斯泰森毡帽，脚上穿着一双带马刺的高帮靴，证明他并非干苦力活的人。

老清洁工迅速看了他一眼，然后拖着脚走到门口，同时用指关节擦着络腮胡子。"这些家伙刚到。"他一边说，一边拖着腿从老板身边走过，走出门外。

老板迈开两条胖腿，以短促的步伐进入房间。"我给默里雷迪社写过信，说今天早上我要两个人。你们有工单吗？"乔治把手伸进兜里，拿出工单，递给老板。"不是

默里雷迪社的错。这张单子上说你们要今天上午到这来工作。"

乔治低头看着自己的脚说："司机给我们乱指路，让我们不得不徒步走了十五六公里的路。我们食了言，早上没能搭上车。"

老板眯起眼睛。"嗯，所以我不得不在缺两个人手的情况下派出打谷队。此刻去也无济于事，还是吃过饭再去吧。"他从兜里掏出计时簿打开，簿页内夹着一根铅笔。乔治刻意向伦尼蹙了一下眉，伦尼点头示意自己明白。老板舔了舔铅笔。"你叫什么名字？"

"乔治·米尔顿。"

"那你叫什么？"

乔治说："他的名字是伦尼·斯莫尔。"

老板把他们的名字登记在簿上。"让我看一下，今天是二十日，二十日中午。"他合上簿子。"你们一直在哪里工作？"

"北部的韦德镇附近。"乔治说。

"你也是吗？"他问伦尼。

"是的，他也是。"乔治说。

老板打趣地指了指伦尼。"他不怎么说话，对吗？"

"是的，他不怎么说话，可他确确实实是个干活好手。强壮如牛。"

伦尼露出笑颜，"强壮如牛。"他重复了一句。

乔治对他生气地皱了皱眉，伦尼因自己的忘性而羞愧地低下头。

忽然，老板说："听着，斯莫尔！"伦尼抬起头，"你能干什么？"

伦尼惊慌失措地望向乔治，寻求帮助。"你让他干什么，他就能干什么。"乔治说，"他是个赶牲口的好手。他能打谷子，能使耕耘机，他什么都能干。你大可试他一试。"

老板转身对乔治说："那么为什么你不让他来回答问题？你在糊弄什么？"

乔治大声打断老板的话："哦！我不是说他很聪明。他很笨。可我的意思是他是个极棒的工人。他能扛起四百斤的大包。"

老板从容不迫地将小簿放进兜里，然后将拇指勾在皮带上，一只眼睛几乎眯闭起来。"说，你在糊弄什么？"

"啊？"

"我的意思是你在这个家伙身上押了什么宝？你想拿走他的工钱？"

"不，我当然不会。为什么你认为我在拿他来糊弄您？"

"嗯，我从没见过一个人会为另一个人如此费心费力。我就是想知道你能得到什么好处！"

乔治说："他是我的……表弟。我跟他妈说过，我会好好照顾他。他小的时候，被马踢到头。他没事儿，就是笨。可是你让他干什么，他就能干什么。"

老板半转过身。"好吧，谁都明白，打谷不需要脑瓜。可别想把事情糊弄过去，米尔顿，我盯着你呢。你们为什么不在韦德干活儿了？"

"活儿干完了。"乔治脱口而出。

"什么样的活儿？"

"我们……我们挖粪坑。"

"好吧。可别想在这儿糊弄，因为你逃不过我的法眼。我可是见过聪明人的。吃过饭后跟着打谷队出发吧。他们正在用脱粒机来打谷。你们跟斯利姆那一队吧。"

"斯利姆？"

"是的，就是那个个子很高的赶牲口的。你会在吃饭的时候见到他。"他猛然转身，向房门走去，可在踏出房门前，又转过身，目光在他们俩身上打量了半晌。

老板的脚步声渐渐远去，等到他们听不到脚步声后，乔治转向伦尼："你说你会一声不吭，你会紧闭你的大嘴巴，让我来说话。该死的，你差点儿让我们丢了工作！"

伦尼无助地盯着自己的两只手。"我忘了，乔治。"

"是的，你忘了。你总是忘，我一定要跟你好好说说这事儿。"他重重地坐到床上，"现在他盯上我们了。现在我们必须小心翼翼，不能出纰漏。此后你必须闭紧你的大嘴巴。"说完，他陷入阴郁的沉默之中。

"乔治。"

"现在你要干吗？"

"我没有被马踢到脑袋，对吗，乔治？"

"倘若果真如此，那就好了，"乔治恶狠狠地说，"省掉大家一堆的麻烦。"

"你说我是你的表弟，乔治。"

"好吧，那是句谎话。我真高兴它是句谎话。倘若我是你的亲戚，我就杀了我自己。"他蓦地住了嘴，走到敞开的前门，往外瞥看。"说，你为什么在这偷听？"

　　老清洁工慢慢走进房里。他手里拿着扫帚，脚边跟着一条牧羊犬。这条牧羊犬长着灰鼻头，拖着腿，两只老眼已泛白，双目失明。牧羊犬拖着跛脚，艰难地走到房子的另一侧躺下，喃喃私语，舔舐一身被虫蛀的灰白狗毛。老清洁工一直望着它，直到它安然躺下。"我没在偷听，只在阴凉处站了一会儿，给我的狗挠痒痒。我刚刚打扫完清洗房。"

　　"你这就是在偷听，"乔治说，"我不喜欢有人多管闲事。"

　　老清洁工的目光不安地在乔治与伦尼身上转来转去。"我刚到这儿，"他说，"你们说什么，我丝毫没听到。你们说什么，我也丝毫不感兴趣。农场里的人永远不会偷听，也永远不会发问。"

　　"真的，一点儿没错。"乔治说着心里稍稍平和了一点儿。"倘若想要长长久久留在农场干活儿的话，就什么也别问。"清洁工辩护的话打消了他的顾虑。"进来吧，坐一会儿。"乔治边说边指牧羊犬说："这真是条老狗。"

　　"是的。它还是狗崽的时候就陪在我身边了。天啊，它小时候可是一条很棒的牧羊犬。"老清洁工把扫帚靠在墙上，然后用指关节擦了擦自己长满白须的脸颊。"你觉得老板怎么样？"他问。

"挺好的，好像还不错。"

"他是个好人，"清洁工认同。"你们要乖乖听话。"

就在此时，一位年轻人走进了工棚。这是一位很瘦的年轻人，长着棕色的脸庞、棕色的眼眸和一头浓密的卷发。他的左手戴着一只工作手套，像老板那般脚上穿着高帮靴。"看到我家老头儿了？"他问道。

清洁工说："他刚才就在这儿，柯利。我想，他是回厨房去了。"

"我要找他。"柯利说。他的视线扫过新来的人，便停了下来。他冷冷地瞥了一眼乔治，然后看向伦尼。他的手肘缓缓弯曲，双手握紧成拳，身体绷紧，微微屈膝，目光顿时变得充满算计和挑衅意味。在他的注视下，伦尼变得局促不安，紧张地挪了一下脚步。柯利谨慎迈步靠近他。"你们就是老头在等的新人？"

"我们刚到。"乔治说。

"让大个子来说。"

伦尼尴尬地拧着身子。

乔治说："假如他不想说呢？"

柯利晃了晃身子。"别人跟他说话，他就得说话。你

插什么嘴?"

"我们是一起的，"乔治冷冷地说。

"哦，原来如此。"

乔治身体紧绷，一动不动。"是的，就是如此。"

伦尼无助地看着乔治，寻求指引。

"你不会让大个子说话，对吗?"

"倘若他想跟你说话，他就能说。"乔治向伦尼微微点
点头。

"我们刚到。"伦尼轻声说。

柯利冷冷地盯着他。"嗯，下次有人跟你说话，你就
回答。"他转身朝门外走出去，手肘还有点向外弯。

乔治望着他走出去，然后转过身问清洁工："说说，他
究竟打什么鬼主意? 伦尼丝毫没惹到他。"

老翁谨慎地瞧了一眼房门，确定没人在偷听。"那是
老板的儿子，"他悄悄地说，"柯利挺厉害的，参加过许多
拳击比赛，是个轻量级拳击手，很厉害。"

"好吧，就算他很厉害，"乔治说，"他没必要来找伦尼
的茬儿。伦尼与他没有丝毫干系。他为什么要针对伦尼?"

清洁工思考了一下："嗯……告诉你啊，柯利跟好多小

个子一样，讨厌大个子。他老去挑衅大个子，就好像他自己不是大个子，所以就迁怒于他们。你见过像这样的小个子，对吧？总是挑衅好斗？"

"当然。"乔治说，"我见过许多非常强悍的小个子。可这个柯利最好别错看伦尼。虽然伦尼不厉害，可倘若他对伦尼乱来，这个柯利小子会受伤的。"

"嗯，柯利很厉害，"清洁工的口吻颇为怀疑，"我从来就觉着这事儿不对。如果柯利跳到一个大个子身上，把对方打得一败涂地，人人就会说柯利是个好手；如果他跳到一个大个子身上，结果被对方打得一败涂地，那么人人都说大个子应该去挑战跟自己个头差不多的人，他们可能会联合起来对付这个大个子。我从来就觉着这事儿不对。柯利似乎总是所向披靡。"

乔治盯着那扇门，恶狠狠地说："嗯，他最好小心伦尼。伦尼虽然不是打架好手，可他很强壮，动作敏捷，而且他不懂规则。"说完他走向那张方桌，在其中一个箱子上坐下。他把一些纸牌收拢起来，开始洗牌。

老翁在另一个箱子上坐下。"别告诉柯利，我说了这些话。他会杀了我的。他为人肆无忌惮。因为他老爹是老板，所以从来都不会被解雇。"

乔治切了一下牌后开始翻牌，每翻一张看一下，然后扔到牌堆上。他说："我听着这柯利就是个混蛋。我不喜欢刻薄的小个子。"

"我觉得他近来似乎更糟糕了，"清洁工说，"几周前他结了婚。他的妻子住在老板的房子里。自打结婚以来，柯利似乎更狂妄自大了。"

乔治咕哝了一句："他也许是在炫耀给妻子看。"

清洁工添油加醋地说："你看到他左手的那只手套了吗?"

"是的，我看到了。"

"嗯，那只手套上涂满了凡士林。"

"凡士林? 那到底干什么用的?"

"嗯，我告诉你啊，柯利说他要为妻子把手护得软乎乎的。"

乔治专心致志地研究扑克牌。"这有什么好到处宣扬的。"他说。

老翁放下心来，他终于听出了乔治的鄙视。现在，他觉得安全了，于是说话便越发推心置腹了。"等你看到柯

利的妻子，就明白了。"

　　乔治又切了一下牌，然后慢慢地、刻意地码出一副牌。"漂亮吗？"他谨慎地问道。

　　"是的，漂亮……可是——"

　　乔治边查看扑克牌边问："可是什么？"

　　"嗯，她抛媚眼。"

　　"是吗？结婚两周，抛媚眼？也许这就是为什么柯利整天犹如热锅上的蚂蚁。"

　　"我见过她对斯利姆抛媚眼。在赶牲口的人里，斯利姆是最棒的、特别好的一个人。他在打谷队里就是头儿。我看到她对斯利姆抛媚眼。柯利从来没有见过这一幕。我还见过她对卡尔森抛媚眼。"

　　乔治假装了无兴趣："看起来有好玩的事情要发生喽。"

　　清洁工从箱子上站起身。"知道我怎么想的吗？"乔治没有回答。"嗯，我认为柯利娶了一个……不正经的妻子。"

　　"他并非第一人。"乔治说，"好多人都娶了不正经的女人。"

　　老翁走向房门，那条垂暮的老狗抬起头，四处瞄了一眼，然后痛苦地站起来，跟着走了。"我要给那帮家伙准备清洗盆子了。很快打谷队就会进来了。你们俩要去打谷了?"

"是的。"

"你不会把我说的话告诉柯利吧?"

"绝对不会。"

"好吧,你自己观察吧,先生。你自己看她是不是那种德行吧。"老翁踏出门外,走进灿烂的阳光中。

乔治满腹心事地码着牌,他把一堆3翻过来,又在A那堆上放上四张梅花。此时此刻,光柱在地板上投下一块方形的亮光,苍蝇如在海中遨游的鲨鱼般飞速从光柱中穿过。屋外传来马具的叮当声和负重车轴的嘎吱声,远处还传来一个清晰可闻的叫喊声:"马夫,吁——马夫!"然后,"那个黑人到底在哪儿?"

乔治盯着摊开的纸牌,然后把牌收拢在一起,转向伦尼。伦尼正躺在床铺上望着他。

"听着,伦尼!这里的打斗没有公平可言,我很害怕。那个柯利会找你麻烦的。我以前见过这种情况。他只是在试探你。他觉得他把你震住了,只要一有机会,就会狠狠地揍你。"

伦尼的眼中充满恐惧之色。"我不要有麻烦,"他哀怨

地说，"不要让他揍我，乔治。"

乔治站起来，走到伦尼的床铺，然后坐到床上。"我很讨厌那种人。"他说，"这种情形我见多了。就像那老家伙说的，柯利所向披靡，他总是赢。"他想了一会儿又说："如果他缠上你，伦尼，我们就忍着。我们不能犯错。他是老板的儿子。听着，伦尼。你要离他远远的，好吗？永远不要跟他说话。倘若他进入这里，你就躲到房子另一侧。你能做到吗，伦尼？"

"我不要有麻烦，"伦尼悲伤地咕哝着，"我跟他毫无干系。"

"嗯，倘若柯利非要打架，对你没好处。就是别跟他扯上干系。你记住了吗？"

"当然，乔治，我一声都不吭。"

打谷队靠近的动静更响亮了，有马匹的大蹄子踏在坚硬地面上的砰砰声，有制动器的拉拽声，还有马链的叮当声。队中的人正在你来我往地叫喊着。乔治坐在床铺上，就在伦尼身旁，因思虑而眉头紧锁。伦尼怯怯地问："你不是生气了吧，乔治？"

"我没有生你的气。我是生那个柯利的气。我希望我们能挣些钱，也许一百美元吧。"他的口吻变得决然起来。"你要离柯利远远的，伦尼。"

"我当然会的，乔治。我会一声不吭。"

"别让他把你扯进去，可是，倘若那个人揍你，你就给他一……"

"给他一什么，乔治？"

"没关系，没关系，到时我会告诉你的。我很讨厌那种人。听着，伦尼，倘若你惹上麻烦，你记得我告诉你要怎么做吗？"

伦尼用胳膊肘支起身子，脸庞因思索扭曲起来。然后他的视线悲伤地转到乔治的脸上。"倘若我惹上麻烦，你就不会让我照顾兔子了。"

"我不是这个意思。你还记得昨天晚上我们睡觉的地方吗？河那边？"

"是的，我记得。哦，我当然记得！我要到那里，躲进灌木丛。"

"躲到我来找你。不要让任何人看到你。躲进河边的灌木丛里。再说一遍。"

"躲进河边的灌木丛里，河那边的灌木丛里。"

"倘若你惹上麻烦。"

"倘若我惹上麻烦。"

屋外传来制动器尖锐的声响。有人喊道："马夫。吁——马夫。"

乔治说："对自己再说一遍，伦尼，这样你就不会忘记。"

长方形门框处的阳光被挡住了，于是他们俩抬眼瞥去。有个女孩站在那儿，正往里张望。她长着丰满的嘴唇，唇上抹着口红，两眼分得很开，画着浓妆，指甲涂着红甲油，一条条状如香肠的圆形小辫垂下来。她的身上穿着棉质的家居服，脚上穿着红拖鞋，鞋背上有小簇红色的鸵鸟羽毛。"我在找柯利。"她说，说话时带着鼻音，声音清脆。

乔治的视线从她身上掠过，然后又回到她身上。"他刚刚就在这儿，可已经走了。"

"哦!"女孩把双手背到身后，靠着门框，这样身体就可以向前倾。"你们是刚到的新人，对不对?"

"是的。"

伦尼自上而下打量她，尽管女孩似乎没在看伦尼。她轻蔑地微微昂起头，看向自己的指甲解释道："有时候柯利就在这里。"

乔治疾言厉色地说："可他现在不在。"

"若他不在，我想最好还是到别处找找。"她玩笑般说。

伦尼一脸痴迷地望着她。乔治说："倘若我见到他，会告诉他，你正在找他。"

女孩顽皮地笑了起来，扭了扭身体。"谁都不会因找人而遭受谴责的。"她说。在她身后传来脚步声，有人走了过来。她扭转头。"嗨，斯利姆。"她说。

斯利姆的声音从房门处传来："嗨，美人儿。"

"我正在找柯利呢，斯利姆。"

"嗯，你没好好找，我看到他进了你的屋子。"

霎时间，她变得忧心忡忡。"回见，小伙子们。"她对着工棚里喊了一声，然后匆匆离去。

乔治转过来看向伦尼。"天啊，真不正经，"他说，"所以说，那就是柯利挑选的妻子。"

"她很漂亮。"伦尼为她辩护。

"是的，她肯定在隐藏本性。柯利往后真是麻烦重重了。我打赌，她会为二十块钱而离家出走。"

伦尼还盯着她方才站着的门口处。"天啊，她真漂亮。"他露出满脸艳羡的笑容。乔治迅速低头看了他一眼，然后

拎起他的耳朵，摇着他。

"听我说，你这傻子，"他凶巴巴地说，"绝不能看那个女人一眼。我不管她说什么、做什么。虽然我以前见过害人精，可我从没见过比她还诱人的害人精。你别去理她。"

伦尼不想听下去了。"我什么都没干，乔治。"

"是的，你没干。可她站在门口，你就直勾勾地盯着她看。"

"我从来不想干坏事，乔治。真的，我从来不。"

"好吧，你离她远远的，因为在我看来，她就是个陷阱深坑。你让柯利自讨苦吃吧，他心甘情愿。满是凡士林的手套，"乔治一脸厌恶地说，"我想他是在自作自受。"

伦尼忽然大喊："我不喜欢这个地方，乔治。这不是个好地方。我要离开这里。"

"我们要留在这里，直至挣到工钱。我们别无他法，伦尼。我们会尽快离开的。我和你一样，也不喜欢这里。"他走回方桌，重新洗牌发牌。"是的，我不喜欢这里，"他说，"只要有可能，我就离开此地。倘若我们兜里有点钱，我们就会离开，到大河上游去淘金。在这里，我们每天也许能挣到几美元，可以攒下一些钱。"

伦尼热切地向乔治靠过去。"让我们走吧，乔治。离开这儿，我的意思是这里。"

"我们要留下，"乔治言简意赅地说，"现在闭嘴。那帮家伙进来了。"

从附近的清洗房传来水流的声音，还有水盆叮叮咣咣的声响。乔治一边查看扑克牌，一边说："或许我们应该去洗一下，可我们什么都没干，身上不脏。"

一个高大的男人站在门口。他的胳膊下夹着一顶被挤压变形的斯泰森毡帽，正将一头湿漉漉的黑长发梳直，背到脑后。他和其他人一样，身穿蓝色牛仔裤以及斜纹粗棉布短夹克。他梳好头后，就走进屋里。他走路的姿态带着皇亲贵胄和工匠大师才有的气宇轩昂之势。在赶牲口的人里，他是最棒的，农场中的翘楚，能领头同时驾驭十头、十六头，甚至二十头骡子。他坐在骡车后，无须触碰骡子，便能用牛鞭杀死骡子身上的苍蝇。他的举手投足沉着稳重，颇具威严，所以当他说话时，其他人都会安静下来，他威望极高，不管什么事，众人皆对他马首是瞻。他就是赶牲口最厉害的斯利姆。从那张瘦削而棱角分明的脸上看不出他的年龄，他可能是三十五岁，也可能是五十岁。他能洞悉弦外之音，说话语速沉缓，言辞不仅达意，而且意味深长。他的双手又宽又瘦，动起来十分灵巧，堪比神庙舞者的妙手。

他将平被压扁的毡帽，从中间折了一下，然后戴上。他和善地看着工棚里的两人。"外面那么亮堂，"他柔和地说，"这里却黑得几乎看不到东西。你们是新来的？"

"刚到。"乔治说。

"要打谷？"

"老板是这么说的。"

斯利姆坐到乔治对面的箱子上。对于他来说，桌上码好的一副纸牌是反着放的，他查看了一下这些牌。"希望你们到我的队上来。"他说。他的声音非常柔和。"我的队上有两个笨蛋，连基本常识都没有。你们打过谷吗？"

"当然打过，"乔治说，"并非我炫耀，但大多数情况下，这大个儿家伙一人打的谷子比两人打的还多。"

伦尼一直望着他们俩，视线随两人你来我往的对话而转来转去，听到乔治的夸赞便得意扬扬地微笑起来。斯利姆因乔治给出的这句溢美之词而赞许地看着乔治。他倾身向前，俯在桌子上，抓住一张散牌的一角。"你们俩一起

的?"他的口吻很友善，让人不自觉地对他推心置腹。

"一点儿没错。"乔治说，"我们彼此照应。"他用拇指指了指伦尼。"他不聪明，但却是个特别棒的工人。虽是个特别好的人，但却比较笨。我认识他很久了。"

斯利姆的视线穿过乔治，望向他的身后。"能一起干活的人不多，"他深思着说，"我不知其中缘由。也许，在这个糟糕的世界上，人人都存有戒心吧。"

"你知道，能与人一路相伴，感觉真是好很多。"乔治说。

一个强劲有力、大腹便便的人走进工棚。他刚用水洗刷自己，还往脑袋上泼了水，此刻脑袋还滴着水珠。"嗨，斯利姆。"他说，然后住了嘴，盯着乔治与伦尼。

"这些家伙刚刚到。"斯利姆介绍说。

"见到你们很高兴，"大个子说，"我叫卡尔森。"

"我是乔治·米尔顿，这位是伦尼·斯莫尔。"

"见到你们很高兴，"卡尔森又说了一遍，"他可真不小[1]。"他被自己的这句玩笑话引得轻笑了几声。"一点儿都不小，"他重复了一句，"我正要问你呢，斯利姆，你那只母狗怎么样了？今天上午我没看到它躺在你的马车底下。"

1　译者注："斯莫尔"在英文中的意思是"小的"。

"它昨天晚上生下幼崽了，"斯利姆说，"生了九只。我马上淹死了四只。它喂养不了这么多。"

　　"留下了五只？"

　　"是的，五只。我把最大的留下来了。"

　　"你认为它们会是什么？"

　　"我不知道，"斯利姆说，"我猜会是某种牧羊犬，因为我在它周围看到的最多的就是牧羊犬。"

　　卡尔森继续说："留下的五只你想都留着？"

　　"我不知道。要留它们一段时间，这样它们能喝上露露的奶。"

　　卡尔森若有所思地说："嗯，听着，斯利姆。我一直在想，坎迪的那条狗真是太老了，几乎走都走不动了，还臭得要死。每次它进入工棚，一连两三天我都能闻到它那股臭味。为什么你不让坎迪把那条老狗杀掉，再把其中一只狗崽给他养呢？我远远就能闻到那条狗的气味。牙没了，眼几乎瞎了，还吃不进东西。坎迪给它喂牛奶，其他什么它都嚼不动。"

　　乔治一直紧紧盯着斯利姆。突然，屋外传来敲击三角铁的叮当声，一开始的时候敲打声较缓，然后越来越快，

末了敲打节奏消失，成了持续不断的叮当声。如其猝不及防地出现那般，这声音遽然停住。

"开饭了。"卡尔森说。

屋外传来一阵喧嚣，有一群人走过。

斯利姆慢慢地、不卑不亢地站起来。"趁他们还有一些吃的，你们最好跟着来。不一会儿就什么都不剩了。"

卡尔森往后退，让斯利姆走在他前头，然后两人出了屋。

伦尼正兴奋地望着乔治。乔治把扑克牌拢起来，堆成乱七八糟的一堆。"是的!"乔治说，"我听见他说的话了，伦尼。我会问他的。"

"一只棕色的和一只白色的。"伦尼兴奋地叫起来。

"来吧，我们去吃东西。我不知道他是否有一只白色棕色相间的。"

伦尼还坐在床上，不动窝。"你马上去问他，乔治，这样他就不会再杀它们了。"

"好的，现在来吧，站起来。"

伦尼翻身下床，站起来，他们俩开始向房门走去。正当他们走到门口时，柯利猛地冲了进来。

"你们有没有在附近看到一个女人?"他气呼呼地问。

乔治冷冷地答："大约半个小时前也许看到了。"

"嗯，她当时在干什么？"

乔治定定站着，望着这个怒气冲冲的小个儿男人，轻蔑地说："她说她正在找你。"

柯利似乎头一次真正看到乔治。他的目光扫过乔治，打量他的身高，评估他的臂展范围，然后看着他的瘦身板，最后问道："嗯，她往哪个方向走了？"

"我不知道，"乔治说，"我并没看着她离开。"

柯利凶巴巴地瞪了他一眼，然后转身，急匆匆出了门。

乔治说："你知道吗，伦尼，我真怕自己会跟这个家伙扭打起来。我极其讨厌他。天啊！来吧。他们肯定什么都不剩了。"

他们走出门，阳光在窗棂下方映射出一条细线。远处传来菜碟子的叮叮哐哐声。

过了一会儿，那条垂暮的老狗跛着脚从敞开的房门走进屋子。它用迷迷糊糊的半瞎眼睛使劲四处凝望，然后用鼻子嗅了嗅，接着躺下来，把头枕在两爪之间。柯利再次冲到门口，站定往房间里张望。狗抬起头，可当柯利猛然转身离去时，花白的狗头又落到地板上。

三

乔治，我们要多久才能得到那一小块地，过上美美的生活，还有兔子？

尽管夜色穿过工棚的窗户投射进屋内，可工棚内部还是很幽暗。从敞开的门口传来大家玩扔马掌游戏[1]所发出的"砰砰"重击声，偶尔间还有铿锵的"咣当"声，之后是众人或称赞或嘲讽的声音，这声音此起彼伏。

斯利姆和乔治一起走进昏暗的工棚。斯利姆伸手将那盏牌桌上方的镀锡电灯打开。桌子顿时亮堂了，电灯直直投下一道圆锥形的光柱，而工棚的各个角落还处于幽暗当中。斯利姆坐到一个箱子上，乔治坐到他对面。

"没关系的，"斯利姆说，"反正我都要把它们大部分给淹死。没必要因这事儿谢我。"

乔治说："这对你或许不算事儿，但对他来说，可是天大的事儿。天啊，我都不知道怎么才能让他进这里来睡觉。他就要跟它们睡在牲口棚里。我们很难让他离开放狗崽的箱子。"

"没关系的，"斯利姆又说了一句，"话说，对于他啊，你说得一点儿没错。虽然他或许不聪明，可我从没见过

1　译者注：类似于套圈游戏。

像他这样干活的。打谷的时候，他都快要把同伴给急死了。没人能跟得上他。天地可鉴，我真没见过这么强壮的家伙。"

乔治骄傲地说："只要无须用脑的活儿，你让他干什么，伦尼就干什么。他没法为自己着想，可绝对听话。"

屋外传来马掌撞击铁柱的铿锵声以及众人的一阵欢呼声。

斯利姆稍稍往后退了一点儿，这样灯光就照不到他的脸。"你们俩怎么会搅在一起，真有趣。"正是斯利姆的从容邀请，让乔治推诚相见。

乔治颇有防范之心，问道："怎么有趣呢?"

"哦，我不知道。几乎没人能一起。我几乎就没见过两人能一起。你知道那些家伙的啦，他们就是到农场里来，找个活儿，干一个月，就辞工，独自离去。似乎从来不在乎任何人。像他这么一个疯子和你这么一个精明的小个儿能一起，似乎挺有趣的。"

"他不是疯子，"乔治说，"他是呆头呆脑，可他没有疯。而我也不是很精明，否则的话，我也不会为了五十块的工钱和食宿来打谷。倘若我精明，倘若我甚至能聪明一点点，

我就会有自己的一亩三分地，就能收自己的谷子，而不是干着这些活，而无法把地里的收成纳入囊中了。"乔治突然沉默了，他想要说话。斯利姆既不鼓励他，也不劝阻他，只是静静地坐着，洗耳恭听。

"我和他在一起这件事情没什么意思，"最后乔治说，"他和我都是在奥本出生。我认识他的阿姨克拉拉。在他很小的时候，她就收养了他，将他抚养成人。克拉拉阿姨去世后，伦尼就跟着我一起外出干活了。不久之后，我们就彼此习以为常了。"

"嗯。"斯利姆说。

乔治向斯利姆望去，看到那双冷静、如神祇般庄严的眼睛凝视着自己。"真有趣，"乔治说，"以前跟他在一起，特别好玩儿。我以前总拿他开涮，因为他太呆了，不会照顾自己。可他太呆了，都不知道自己被人涮。我觉得很好玩儿。在他身边，让我觉得自己仿佛聪明绝顶。我让他干什么，他就干什么。倘若我让他从悬崖跳下去，他就会跳。过了一段时间，就没那么好玩儿了。他从来也不会为此生气。我曾经狠狠地揍他，他本可以亲手将我碾成肉饼，可他从来没有对我动过一根手指头。"乔治的口吻透露着坦诚相待的意味。"告诉你是什么让我停手的。有一天，大伙儿站在萨克拉门托河里，当时我正自我感觉很聪明，就转头对伦尼说：'跳进来。'于是他就跳了。他根本不会游泳。我们还没赶到他身边，他就已几近溺毙。我把他从水里拉出来，因此他对我那个好啊，全然忘却是我让他跳进水里的。哎，我便再也没干过这种事了。"

"他是个好人，"斯利姆说，"人啊，无须通事理也能是个好人。在我看来，有时候，世事正好相反，譬如，有些个聪明人就不是什么好人。"

乔治将打散的纸牌收拢好，开始发牌。屋外传来鞋子踩踏地面的声音。夜光之下，窗扉仍旧明亮。

"我没什么伴儿，"乔治说，"我见过独自在农场间转悠的那些家伙。那不好。他们毫无乐趣可言。时间长了之后，他们就变得尖酸刻薄，随时随地要与人干架。"

"是啊，他们就变得尖酸刻薄。"斯利姆很认同。"他们变成这样，就不想跟任何人说话了。"

"当然，大多数的情况下伦尼是个大麻烦，"乔治说，"可你习惯了跟一个人一起，你就摆脱不了他了。"

"他不刻薄，"斯利姆说，"我能看出来，伦尼一点儿都

不刻薄。"

"他当然不刻薄。可因为他特别笨，所以老是惹麻烦。就像在韦德镇发生的事一样——"乔治住了嘴，正在翻牌的当口儿蓦地住了嘴。他似乎有点儿惊慌，向斯利姆瞥了一眼。"你不会告诉别人吧？"

"他在韦德干了什么？"斯利姆冷静地问。

"嗯，他看到一个穿红裙子的女孩儿。像他这样一个傻大个儿，就想去碰碰喜欢的东西，就想去摸摸它。所以他伸手去摸那条红裙子，那女孩儿尖声大喊，让伦尼完全慌了神，他抓住那条裙子不放，因为那是他能想到的唯一要做的事情。哎，那女孩儿尖叫连连，我就在不远处，能听到所有的叫喊声，于是便跑过去，那时，伦尼全然吓坏了，他能想到的唯一要做的事情就是抓住不放。我抓起一根栅栏木桩狠狠敲他的头，让他放手。他那么害怕，根本就没法放开那条裙子。你知道，他真的很强壮。"

斯利姆平静的双眸一眨不眨。他非常缓慢地点了点头，"之后发生什么了？"

乔治小心翼翼地码着牌。"唉，那女孩儿喋喋不休，告诉法官伦尼对她图谋不轨。韦德镇的人聚起来，要处死伦尼。所以那一整天我们就坐在灌溉沟渠的水里，只敢把脑袋从沟渠一端往外探。那天夜里我们才快速逃离。"

斯利姆默不作声地坐了一会儿。末了他问："丝毫没有伤害那个女孩儿，嗯？"

"真的，没有。他就是吓到她了。倘若他抓住我，我也会被吓到。可他从来都没伤害她。他只是想要摸摸那条红裙子，就像他老是想要摸他的小狗崽一样。"

"他不刻薄，"斯利姆说，"但凡刻薄之人，我老远就能分辨出来。"

"他当然不是，他什么都会干，只要我——"

伦尼从门口进来。他身上那件蓝色斜纹粗棉布外套像件斗篷似的披在肩头，他弓着背走过来。

"嗨，伦尼，"乔治说，"你的狗崽现在怎样？"

伦尼上气不接下气地说："它们就是棕色的和白色的，和我想要的一模一样。"他直接走到自己的床铺躺下，把脸转向墙壁，收起双膝。

乔治煞有介事地放下纸牌。"伦尼。"他严厉地叫了一声。

伦尼拧着脖子，看向身后。"啊？你要干吗，乔治？"

"我告诉过你，不能把小狗崽带进这里。"

"什么狗崽，乔治？我没有狗崽。"

乔治快速走向他，抓住他的肩膀，将他的身体转过来。伦尼把小狗崽藏在肚子上，乔治把手伸下去，从伦尼的肚子上把小狗捡起来。

伦尼迅速坐起身。"把它给我，乔治。"

乔治说："你马上起来，把这只狗崽放回窝里。它要跟妈妈一起睡觉。你要杀了它吗？它昨晚才出生，你就把它从狗窝里拿出来。你把它送回去，否则我就告诉斯利姆，不把它给你。"

伦尼伸出双手，恳求道："乔治，把它给我。我会把它放回去的。我不是有意要伤害它的，乔治。真的，我不是。我只想摸它一会儿。"

乔治把狗崽递给他。"好吧。你赶快把它放回那去，而且不能再把它拿出来了。否则的话，你定会杀了它的。"伦尼急忙快步走出房间。

斯利姆没有动。他那平静的目光跟着伦尼出了房门。"天啊，"他说，"他只是个孩子，对不对？"

"一点儿没错，他只是个孩子。除了体格那么强壮外，所造成的伤害也不会比孩子大。我打赌啊，他今天晚上不会进来这里睡觉。他就会睡在牲口棚里的那只箱子跟前。哎，随他去吧。他在外面也不会造成任何伤害。"

此刻，外面的天几乎全黑了。清洁工老坎迪进来了，走去他的床铺，那条老狗踉踉跄跄地跟在他身后。"斯利姆，你好。乔治，你好。你们俩都不玩儿马掌游戏吗？"

"每天晚上我都不玩儿的。"斯利姆说。

坎迪继续说："你们也不喝杯威士忌吗？我肚子疼。"

"我不喝，"斯利姆说，"如果我想喝，我会自己喝的，而且我也没肚子疼。"

"肚子疼死了，"坎迪说，"他们该死地给我吃了芜菁。我吃之前就知道他们打的鬼主意。"

越来越黑的庭院中出现卡尔森宽厚的身影，他走进屋里，走到工棚另一侧，打开第二盏镀锡电灯。"这里黑死了，"他说，"天啊，那黑人真能扔马掌啊。"

"他真的很棒。"斯利姆说。

"他的确是，"卡尔森说，"他不给任何其他人赢的机会——"他住了嘴，用鼻子吸了吸气，然后低头看了一眼那条老狗。"天地可鉴，那狗臭死了。把它弄走，坎

065

迪！我都不知道还有什么东西会比这老狗还臭了。你把它弄走。"

坎迪翻身到床铺边缘，伸出手，拍了拍那条垂暮的老狗，满怀歉意地说："它在我身边太久了，我都注意不到它有多臭。"

"嗯，我没法忍受它在这儿，"卡尔森说，"哪怕它出去了，那股臭味还萦绕不去。"他迈开胖腿，大步走过去，低头看着那条狗。"牙没了，"他说，"风湿病让它全身都僵硬了。它对你没好处，坎迪。对它自己也没好处。你为什么不把它杀掉，坎迪？"

老翁很不自在地扭动身体。"唉！它陪伴我那么久了。从它是个狗崽的时候就到我身边了。我带着它一起放牧。"他自豪地说，"现在你看着它，你不会这样认为，可它是我见过的最棒的牧羊犬。"

乔治说："在韦德镇，我见过一个家伙，他有条能放牧的艾尔谷犬，它是从其他狗身上学的。"

卡尔森不愿善罢甘休。"听着，坎迪。这条狗自己也是无时无刻不在受苦。如果你把它带出去，往它的正后脑勺射一枪——"他俯身过去指了指，"——就在这里，它永远都不会知道打中它的是什么。"

坎迪痛苦四顾。"不!"他轻声说,"不,我不能这么做。它陪伴我太长时间了。"

"它已了无乐趣,"卡尔森坚持说,"还臭气熏天。告诉你啊,我替你射杀它。这样一来,你就不用亲自动手。"

坎迪从床上坐起来,紧张地挠着脸颊上硬邦邦的白胡须。"我已经很习惯有它相伴了,"他轻声说,"从它是狗崽的时候就陪伴在我身边。"

"唉,你让它活着,并非对它仁慈,"卡尔森说,"听着,如今斯利姆的母狗刚生了崽子。我觉得,斯利姆会把其中一只狗崽送给你养的,对不对,斯利姆?"

斯利姆一直用他那双平静如水的眼睛端详着那条老狗。"是的,"他说,"如果你想要的话,就能得到一只狗崽。"他似乎愿意畅所欲言了。"坎迪,卡尔说得没错。这对那条狗自己也没好处。假如我又老又瘸,我会希望有人把我给杀掉。"

坎迪无助地看着他,因为斯利姆的意见就是法令。"那样它也许会很疼,"坎迪提出建议,"我不介意好好照顾它。"

卡尔森说："我射杀它的方式，它不会有任何感觉。我把枪就搁在这儿。"他用脚趾尖指了指。"就在脑后。它甚至都不会哆嗦一下。"

坎迪看看这个，望望那个，想找人帮他。此刻，屋外可谓漆黑一片。一个年轻的苦力走进来。他的瘦削肩膀往前倾，走路时，后脚跟会重重地踏在地面上，仿佛身上扛着一个无形的谷袋似的。他走到自己的床铺，把帽子搁在架子上，然后从架子上拿起一本通俗杂志，举到桌上的光亮处。"我给你看这个了吗，斯利姆？"他问。

"给我看什么？"

年轻人把杂志翻到最后一页，把它放在桌子上，用手指指着："就在这，念这儿。"斯利姆弯身看过去，"来吧，"年轻人说，"大声念一下。"

"亲爱的编辑："斯利姆慢慢念道，"我已拜读贵杂志六年了，我认为它是市面上最好的杂志。我喜欢彼得·兰德写的故事。我认为他能笔下生花，让我们仿佛又重温《黑暗骑士》。我所写过的书信并不多，只是自觉该告诉您：我认为花在贵杂志上的钱最物有所值了。"

斯利姆疑惑地抬头看他。"为什么让我念这个？"

惠特说："继续啊，念一念底下的名字。"

斯利姆念道："祝您成功，威廉·坦纳。"他又抬头瞥了一眼惠特。"为什么让我念这个？"

惠特郑重其事地合上杂志。"你不记得比尔·坦纳[1]了？大约三个月前在这干活的那个？"

斯利姆想了一下……"小个儿？"他问，"开耕耘机的那个？"

"就是他，"惠特大声说，"就是那个家伙！"

"你认为他就是那个写这封信的家伙？"

"这件事我知道。有一天，比尔和我在这儿。比尔拿着一本他们刚上市的杂志，正在看，他说：'我写了一封信。真想知道他们会不会把信放到杂志里面！'可那本里没有。比尔说：'也许他们要把最好的留在最后。'他们果真如此做了。就在这儿了。"

"我想你是对的，"斯利姆说，"它就在这本杂志里。"

乔治伸手要拿杂志。"让我们看一下？"

惠特又翻到那一页，但却没把杂志交给乔治。他用食指指了指那封信，然后走到柜架上，小心翼翼地将杂志放

1　译者注：比尔是威廉的别称。

进去。"我真想知道比尔是否看到了，"他说，"比尔和我都在那块豌豆田里干活儿，驾驶耕耘机，我们俩一起。比尔真是个好人啊！"

卡尔森拒绝被卷入这段谈话中去。他继续低头看着那条老狗。坎迪惴惴不安地望着他。最后，卡尔森说："假若你让我来，我即刻就会终结这个老东西的悲惨状态，让它一了百了。它已经行将就木了，不能吃，看不见，甚至动不动就受伤。"

坎迪抱着希望说："你没有枪。"

"我有把鲁格尔枪。它一点儿都不会觉着疼的。"

坎迪说："或许明天，让我们等到明天吧。"

"我觉得没有道理等到明天，"卡尔森说。他走到自己的床铺，从床下拉出一个包，从中拿出一把鲁格尔手枪。"让我们来个一了百了，"他说，"它把这里弄得到处臭烘烘的，我们都没法睡了。"他把手枪放进屁股兜里。

坎迪望着斯利姆好长一段时间，想寻得些许转机。斯利姆一言不发。末了，坎迪无可奈何地低语："好吧，杀吧。"他丝毫没低下头去看那条狗，而是躺回自己的床铺，双臂交叉，枕在脑后，盯着天花板。

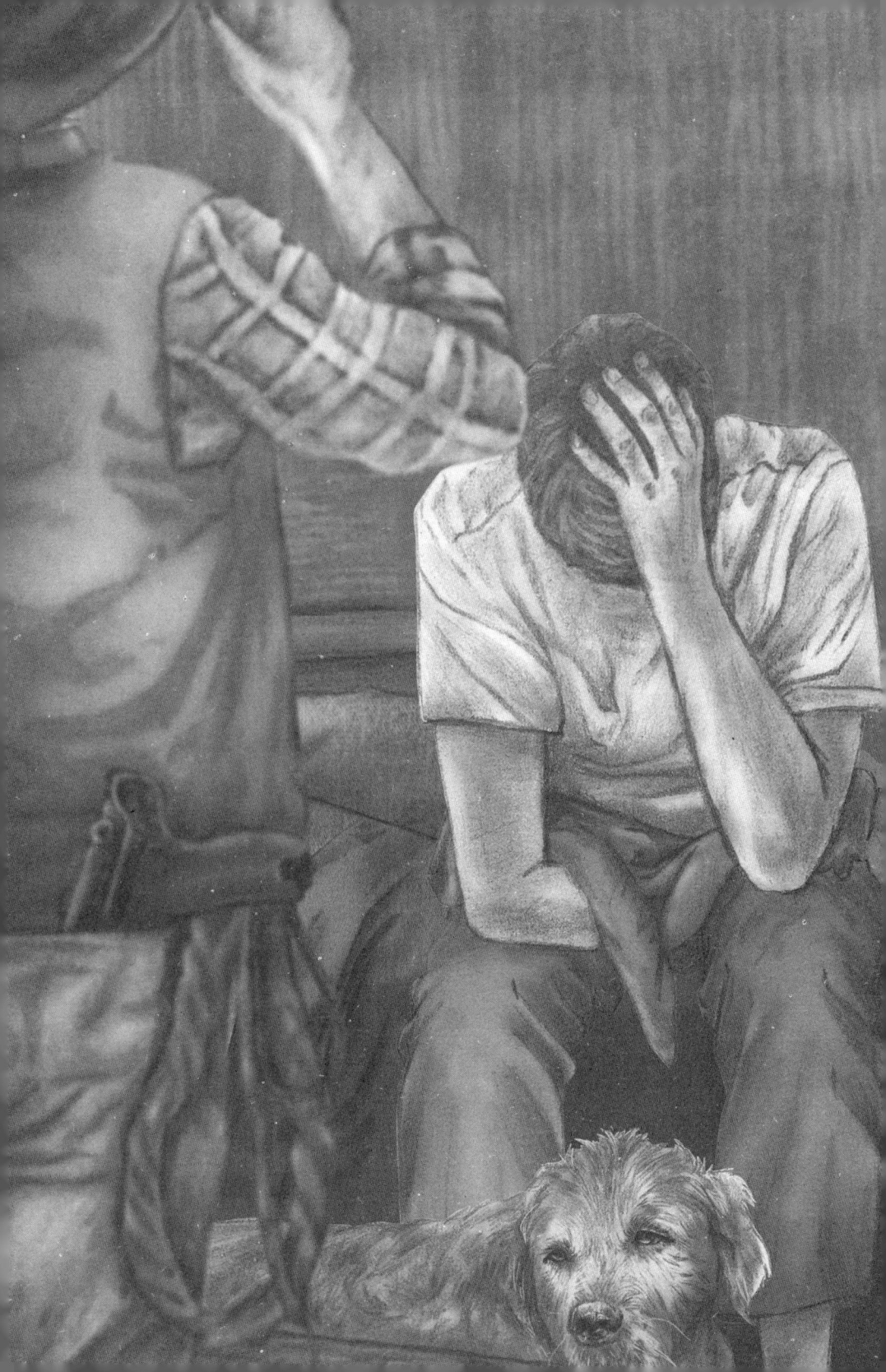

卡尔森从兜里掏出一条小皮带，弯着腰走过去，将皮带套到老狗的脖子上。除了坎迪外，其他人都望着他。他轻柔地说："来吧，孩子。来吧，孩子。"然后他以满怀歉意的口吻对坎迪说道："它根本感觉不到的。"坎迪既没有动，也没有回应他。他拉了一下皮带。"来吧，孩子。"老狗慢慢地、一点一点地站起来，随着皮带的轻轻拉扯往前走。

斯利姆叫了一声："卡尔森。"

"嗯？"

"你知道该怎么做。"

"你什么意思，斯利姆？"

"拿个铲子。"斯利姆简短地说。

"哦，一点儿没错！明白。"他领着狗出了门，走进黑暗中。

乔治跟到门口，关上门，轻轻地插上门闩。坎迪浑身僵硬地躺在床上，两眼盯着天花板。

斯利姆大声说话："我有一匹领头骡子的蹄子坏了，要给它抹点油。"他的声音越来越低。屋外一片寂静。卡尔森的脚步声消失了。这份寂静进入屋内，萦绕不去。

乔治轻轻笑了一声说道："我赌伦尼正在牲口棚和他的狗崽在一起呢。如今他有了狗崽，就再也不想回到这里来了。"

斯利姆说："坎迪，那些狗崽，任你挑一只。"

坎迪没有应答。屋里再次陷入沉寂之中。这份沉寂从黑夜而来，渗透进屋内。乔治说："有没有人想玩会儿尤克牌？"

"我跟你来几把。"惠特说。

灯光下，他们在桌边面对面坐下，可乔治并没有伸手去洗牌。他紧张地上下摇晃桌子边缘，弄出了一点刺耳的声音，房间里所有人的目光都被吸引了过来，于是他住了手。屋里再次陷入沉寂之中。一分钟过去，又一分钟过去。坎迪还是一动不动地躺着，眼睛盯着天花板。斯利姆注视了他一会儿，然后低下头看着自己的手；他用一只手抓住另一只手，用力按着。这时，地板下传来轻轻的啮咬声，所有人都心存感激地循声往下望去，只有坎迪继续盯着天花板。

"听起来下面有只老鼠，"乔治说，"我们应该在那儿放个老鼠夹。"

惠特突然开口："他怎么去了那么久？发几张牌，行吗？老这样，我们就玩不了尤克牌了。"

乔治把扑克牌紧紧拢到一起，仔细检查纸牌的背面。屋里再次陷入沉寂之中。

远处传来一声枪声。大伙儿赶忙向老翁望去。每个人的脑袋都转向了他。

有那么一会儿，坎迪继续盯着天花板，然后他慢慢地转过身，面对墙壁，沉默无语地躺着。

乔治大张旗鼓地洗牌发牌，弄出很大的声响，惠特把记分板拉到乔治身边，安好钉子，开始游戏。惠特说："我猜你们真的是到这里来干活的。"

"你什么意思?"乔治问。

惠特笑起来。"嗯，你们是星期五到的。礼拜日前就已经干了两天活儿。"

"我不明白你怎么算的，"乔治说。

惠特又笑了。"如果你是这些大农场里的老油条的话，你就明白了。那些家伙都是星期六下午来到农场，查看情况，星期六晚上在农场吃饭，礼拜日一天三顿都在农场吃，星期一吃完早餐后离去，连手指都不用动。可你们是星期五下午到的，无论你们有什么打算，都要干上一天半的活儿。"

乔治冷冷地看着他。"我们要在这干一段时间，"他说，"我和伦尼要攒钱。"

门轻轻打开，马夫的脑袋探了进来。这是一颗皮包骨头的黑人脑袋，脸上布满痛苦的皱纹，眼中流露出逆来顺受的神情。"斯利姆先生。"

斯利姆把视线从老坎迪身上移开。"嗯？哦！你好啊，克鲁克斯。怎么了？"

"你让我把油温热，要给那骡蹄上油。我已经温好了。"

"哦！一点儿没错，克鲁克斯。我马上出来，给它上油。"

"如果需要的话，我可以代劳，斯利姆先生。"

"不，我亲自动手。"斯利姆站起身。

克鲁克斯说："斯利姆先生。"

"是的。"

"那个新来的大个子正在牲口棚里弄你的狗崽。"

"嗯，他不会干什么坏事的。我把其中一只狗崽送给他了。"

"就是想告诉你,"克鲁克斯说。"他把狗崽们弄到窝外面,正在摸呢。那对狗崽不会有什么好处。"

"他不会伤害它们的,"斯利姆说,"我现在就跟你过去。"

乔治抬起头。"斯利姆,倘若伦尼太过胡闹,你就把他踢出来。"

斯利姆跟着马夫出了屋。

乔治发牌,惠特拿起自己的纸牌,细细查看。"见过那个新来的孩子了吗?"他问。

"什么孩子?"乔治问。

"嗯,柯利的新妻子。"

"是的,我见到了。"

"嗯,真是个不正经的女人吧?"

"我可没怎么看出来。"乔治说。

惠特煞有介事地放下手中的纸牌。"嗯,待在这儿,睁大眼睛,你会看到各种各样的蛛丝马迹。她不会藏着掖着。我从没见过像她这样的人。她时时刻刻都在盯着每一个人。我想她甚至连马夫都不放过,真不知道她到底想干吗。"

乔治漫不经心地问："自打她到这儿之后，有麻烦了？"

很显然，惠特对手中的纸牌并不感兴趣。他把牌亮出来，乔治捡起，精心摆好后亮出来：一共七张，6放在最上面，后面跟着的是5。

惠特说："我明白你的意思。没有，还没任何麻烦，因为柯利一直严防死守，可仅仅是到目前为止。每次大伙儿在的时候，她都会出现。她在找柯利，或者她认为自己乱放了什么物件，正在寻找。虽然柯利整天像热锅上的蚂蚁，可还没出什么事。"

乔治说："她会弄得一团糟。大伙儿会给她弄得乱七八糟。她就是个随时会爆炸的炸弹。那个柯利已经不干活了。农场里有一大群老爷们儿，不适合女人待着，尤其是像她那样的女人。"

门打开了，伦尼和卡尔森一起走进来。伦尼悄悄溜到自己的床铺坐下，努力不去引起大家的注意。卡尔森把手伸到床底下，拿出包。他没有看向仍然面向墙的坎迪。卡尔森从包里找出一根清洁棒和一罐油。他把两样东西放在床上，然后拿出手枪，取下弹夹，把上好的子弹从弹夹中弹出来。然后开始用那根小棒清洁枪管。当枪栓发出"啪"

的一声响，坎迪转过身，打量了一会儿那把枪，然后又转回去，面朝墙壁。

卡尔森漫不经心地问了一句："柯利来过吗？"

"没有，"惠特说，"柯利在忙乎什么呢？"

卡尔森一边斜着眼睛检查枪管，一边说："正在找他老婆呢。我看到他在外面转来转去。"

惠特带着嘲讽的口吻说道："一半的时间是他在找她，其他的时间就是她来找他。"

柯利兴冲冲地冲进屋里问："你们谁见着我妻子了？"

"她不在这儿。"惠特说。

柯利盛气凌人地扫了一下房间。"斯利姆死哪儿去了？"

"到牲口棚去了，"乔治说，"他要给骡子裂开的蹄子上点油。"

柯利的肩膀一沉，胸部一挺，问道："他去了多久？"

"五——十分钟。"

柯利夺门而出，"砰"地一声甩上门。

惠特站起来。"我觉得我或许要去看看，"他说，"柯利想找碴儿，否则他不会去寻斯利姆。柯利很厉害，特别厉害，进过'金手套'的决赛，报纸上还报道过他。"惠特想了一下。"可他最好还是别去惹斯利姆。斯利姆的能耐无人知晓。"

"他认为斯利姆和他的妻子在一起，对吗？"乔治说。

"看起来好像是的，"惠特说，"斯利姆当然没有。至少我认为斯利姆没有。可如若生出事端，我想去看看。来吧，我们一起去。"

乔治说："我就留在这儿。我不想跟任何事情搅和在一起。我和伦尼要挣工钱。"

卡尔森已经擦完枪，他把枪放进包里，然后把包推进床底。"我想我要出去看看她的情况。"卡尔森说。老坎迪一动不动地躺着，伦尼从床上小心翼翼地望着乔治。

惠特和卡尔森离开之后，房门关上，乔治转向伦尼。"你想什么呢？"

"我什么都没干，乔治。斯利姆说这段时间我最好别老摸狗崽。斯利姆说这对它不好，所以我就赶紧进来了。我很乖的，乔治。"

"我看得出来你很乖，"乔治说。

"嗯，我不会伤害它的。我只是把它放在膝盖上摸摸。"

乔治问："你在牲口棚里看到斯利姆了吗？"

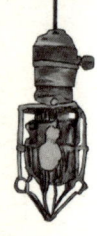

"当然看到了。他告诉我最好不要再摸那只狗崽了。"

"你看到那个女孩了吗?"

"你是说柯利的妻子?"

"是的。她进牲口棚了吗?"

"没有,总之我没见着她。"

"你没见着斯利姆跟她说话?"

"嗯,嗯,她没在牲口棚里。"

"好的,"乔治说,"我想那些家伙看不到打架了。伦尼,倘若打起来,你不能掺和。"

"我不想打架,"伦尼说。他从床上站起来,在桌边坐下,与乔治面对面。乔治几乎是不自觉地便开始洗牌发牌。他故意体贴地发得很慢。

伦尼伸手拿起一张人头牌,仔细查看,然后把牌翻转过来,仔细查看。"两面一样,"他说,"乔治,为什么这牌两面都一样?"

"我不知道,"乔治说,"他们就是这样弄的。你看到斯利姆的时候,他在牲口棚里干什么?"

"斯利姆?"

"没错,你在牲口棚里看到他,他告诉你不要老摸那

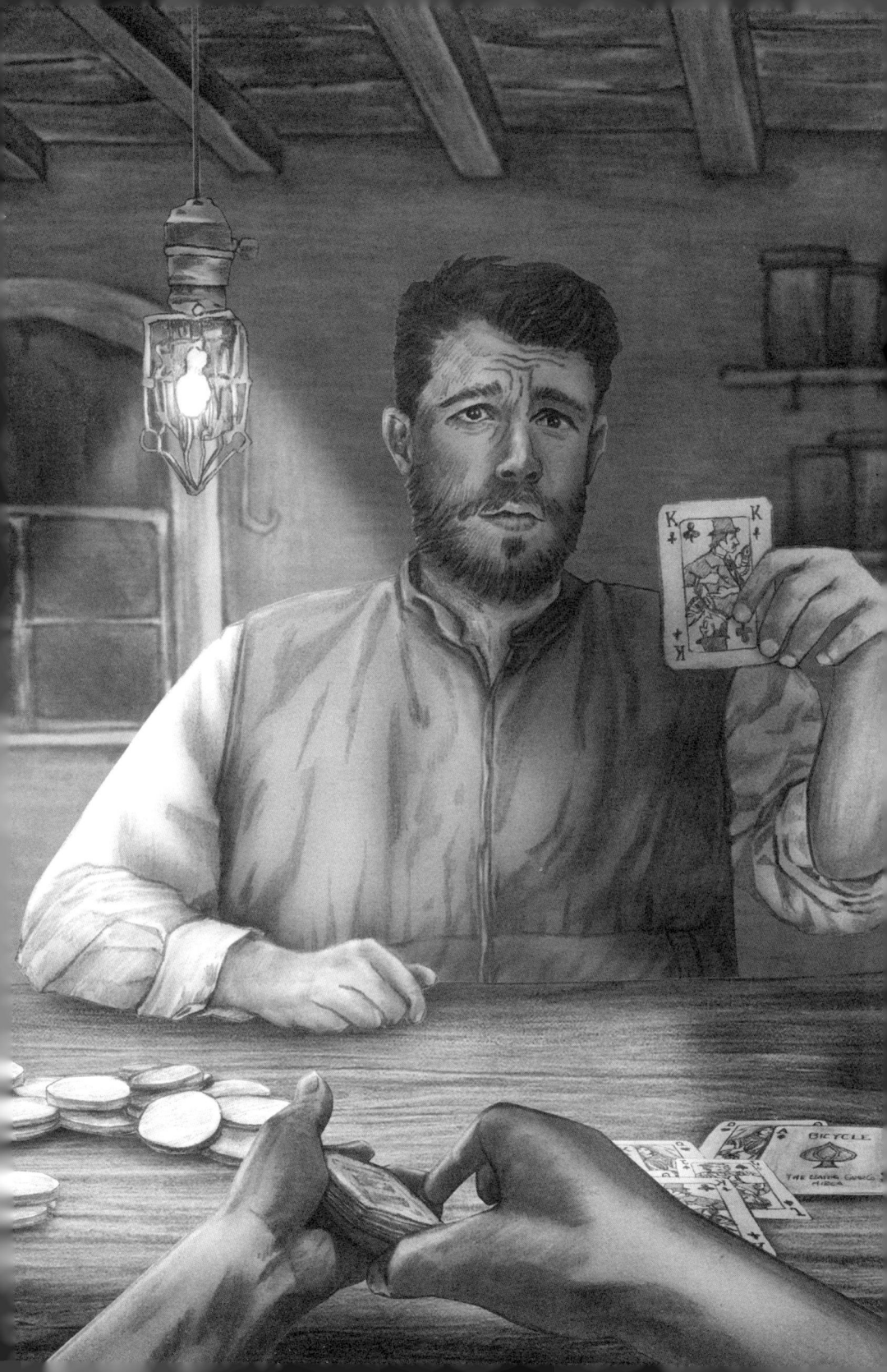

些狗崽。"

"哦，是的。他拿着一罐油和一把刷子。我不知道要干吗。"

乔治继续说："你还记得安迪·库什曼吗，伦尼？上过学的那个？"

"就是他老婆以前老给孩子做热乎乎的糕子的那个？"伦尼问。

"是的，就是他。若跟吃相关，你什么都记得。"乔治仔细查看那手牌。他把一张 A 放在得分的那一摞上，然后又在上面放上两张、三张、四张方块。"正是因为一个女人，安迪此时此刻就在圣昆廷¹呢，"乔治说。

伦尼用手指敲了敲桌子。"乔治？"

"嗯？"

"乔治，我们要多久才能得到那一小块地，过上美美的生活，还有兔子？"

"我不知道，"乔治说，"我们要一起挣笔大钱。我知道有个小地方，可以便宜买下，可他们不会白送的。"

老坎迪慢慢转过身，两眼睁大，小心谨慎地望着乔治。

1　译者注：是指一家位于旧金山的监狱。

伦尼说："说说那个地方吧，乔治。"

"我刚刚跟你说过，就在昨天晚上。"

"来嘛，再说一遍，乔治。"

"嗯，那块地有六十亩，"乔治说，"里面有个小风车，有间小木屋，还有个养鸡场。有厨房，有果园，有樱桃树、苹果树、桃树、杏树，长有坚果，还长有一些浆果。那里苜蓿怒放，水源充足。还有猪圈——"

"还有兔子，乔治。"

"这时还没兔子呢，但我很容易就能搭些养兔子的木棚，你可以用苜蓿来喂兔子。"

"太对了，我可以，"伦尼说，"你说得一点儿没错，我可以的。"

乔治停下发牌的动作，他的声音愈加令人感到暖洋洋。"我们可以养几头猪，我可以建个烟熏室，就像爷爷的那个一样。杀猪时可以熏培根，熏火腿，做香肠，诸如此类。每当鲑鱼溯游而至，我们可以捕上一百条，腌上或熏上。早餐我们便可吃鲑鱼，世上没比熏鲑鱼更美味的东西了。到了果实成熟时节，我们就可以弄鲜果罐头。还有西红柿，也可以轻而易举地做成番茄酱。每到礼拜天，我们可以杀

只鸡或宰只兔子。或许我们还可以养头牛或养只羊。乳脂层那么厚，必须用刀来切开，拿勺子舀起。"

伦尼瞪大眼睛望着他，老坎迪也望着他。伦尼轻声说："我们可以过上美美的生活。"

"一点儿没错，"乔治说，"园子里长着各种各样的蔬菜，倘若我们想来点威士忌，就可以卖掉些鸡蛋什么的，或者牛奶。我们就在那里生活。我们就属于那里。不再需要四处奔波，吃日本人做的饭。不了，先生，我们有自己安身立命之地，无须住工棚了。"

"说说那房子，乔治。"伦尼央求。

"当然，我们有栋小房子，有自己的房间。有一架圆圆的小铁炉，冬天的时候在炉子里生上火。我们的地不够大，所以还必须辛勤工作。也许每天须干六七个小时的活儿吧，可无须每日打十一个小时的谷了。我们种下作物，然后呢，自有作物给我们收割。我们很清楚自己能收割到何物。"

"还有兔子，"伦尼殷切地说，"我照顾它们。说说我怎么做的，乔治。"

"当然，你带着袋子去到苜蓿地，接着把袋子装满，带回来一大堆苜蓿，然后拿到兔笼里。"

"它们啃啊啃啊，"伦尼说，"它们就是这样吃东西的。我见过它们吃东西。"

"每过大约六个星期，"乔治继续说，"它们就会生下一窝小兔崽，这样我们就有很多很多的兔子，可吃可卖。我们还会养点鸽子，在风车周围飞翔，就像我小时候的那些鸽子一般。"他全神贯注地凝视着伦尼头顶的墙壁。"这些都是我们自己的，没人能解雇我们。倘若有个家伙不讨我们喜欢，我们就可以说：'滚开。'他就不得不乖乖地滚蛋。倘若朋友来访，我们有多余的床铺，我们就说：'为什么不留下过夜呢？'他便乖乖地留下。我们养条塞特猎犬，养两只条纹猫，可你要格外小心这些猫，它们和兔子不对付。"

伦尼喘着气。"你就让它们来惹兔子试试。我会把它们的猫脖子给拧断。我会……我会用棍子把它们揍扁。"他的声音慢慢低下，嘟嘟囔囔地自言自语，对那些胆敢来打搅他未来的兔子的未来小猫，发出恫吓。

乔治沉醉在自己描绘的景象中。

坎迪开声说话时，他们俩都跳了起来，就好像被他抓了个现行似的。坎迪说："你知道哪里有像这样的地方？"

乔治即刻警惕起来。"就算我知道，跟你有什么干系？"

"你没必要告诉我它在哪里。它可能在任何地方。"

"一点儿没错，"乔治说，"那就对了，你一百年都找不着。"

坎迪继续兴致勃勃地问："像这样的地方他们会要多少钱？"

乔治满腹狐疑地望着他。"嗯，我可以六百块拿下。拥有那块地的老头是个穷光蛋，他老婆需要做手术。说吧，跟你有什么干系？你和我们毫无干系。"

坎迪说："我只有一只手，没什么用了。我就是在这个农场没了手的。这就是他们让我做清洁工的原因。因为我没了手，他们给了我两百五十块钱。此时此刻，我还在银行里又多存了五十块。就是三百美元，这个月末，我还会再得五十块钱。告诉你——"他热切地往前探身。"如果我加入你们，我投入的就是三百五十美元。我没什么用了，可我能做饭，照顾小鸡，还能干点锄菜园子的活儿。怎么样？"

乔治半眯着眼睛。"我要好好想想。我们一贯是自力更生的。"

坎迪打断他的话："我会立下遗嘱，万一我死了，就把我的份额留给你们，因我没有亲人，无依无靠。你们有钱吗？也许我们现在就可以买下它？"

乔治满脸厌恶地往地上吐了一口唾沫。"我们俩有十块钱。"然后他深思着说，"听着，倘若我和伦尼干一个月的活儿，什么都不花，就会有一百美元。那就是四百五十块了。我猜我们可以讲讲价，先付这么多买下来。然后你和伦尼先过去开始生活，我找份工作，把剩余的钱给补上，你们可以卖卖鸡蛋什么的。"

他们陷入沉默之中，惊奇地看着彼此。这件他们从未真正相信的事正在成真。乔治庄严地说："天啊！我觉得我们能讲下价来。"他的眼眸盈满惊奇的神色。"我觉得我们能讲下价来。"他轻轻地重复了一句。

坎迪坐在床边上，紧张地挠着那个残疾的手腕。"我是四年前受的伤，"他说，"他们很快就会解雇我。只要我连工棚都打扫不了了，他们就会把我扔到荒野里。如我把钱给你们，即使我做得不好，可你们或许还会让我锄锄菜园子。我可以洗盘子、养小鸡什么的。但是，我有了属于我们自己的地方，我可以在属于我们自己的地方干活儿。"

他悲伤地说，"你们都看到他们今天晚上对我的狗的所作所为了？他们说它对自己没好处，对任何人都没好处。如他们把我从这解雇出去，我希望有人杀掉我。可他们不会做这种事。我无处可去，也不可能再找到工作。等到你们准备好辞工的时候，我还会多挣三十美元。"

乔治站起来说："我们买下它，我们会把那一小块地翻新翻新，在那里生活。"他又坐下来。他们全都定定地坐着，沉迷于这份美妙之中，全都沉浸在美梦成真的未来之中。

乔治满脸艳羡地说："想想镇上来了马戏团或举办嘉年华、球赛什么的。"想到这儿，坎迪也赞赏地点点头。"我们就去观看，"乔治说，"倘若我们有能力的话，就无须征求任何人的同意，只需说句：'我们去看看。'便说去就去。只需给奶牛挤好奶，给小鸡撒点谷子，就去参加了。"

"还给兔子放点儿草，"伦尼插了句嘴，"我永远都不会忘记喂它们的。我们什么时候去，乔治？"

"一个月之后。一个月之后就去。知道我要干吗吗？我要给拥有那块地的老夫妻写信，告诉他们我们要买下这块地。坎迪会送去一百美元把它预订下来。"

"当然没问题，"坎迪说，"他们那有个好炉子？"

"没错，有个很棒的炉子，可以烧煤或烧木头。"

"我会带着狗崽一起，"伦尼说，"我觉得它肯定喜欢那儿，绝对的。"

屋外传来由远及近的声音。乔治赶忙说："别告诉任何人。就我们仨知道，没别人。否则他们会解雇我们的，这样我们就挣不到工钱了。我们只要继续表现得仿佛一辈子剩余的时间就要打谷似的，然后忽然有一天，我们领了工钱，赶紧离开这里。"

伦尼和坎迪点点头，他们满脸喜悦，咧嘴笑着。"不要告诉任何人。"伦尼对自己说。

坎迪说："乔治。"

"嗯？"

"我该自己杀掉那条狗，乔治。不该让个陌生人来动手。"

房门打开，斯利姆走进来，后头跟着柯利、卡尔森和惠特。斯利姆满手黑油污，正生气地皱着眉头。柯利就挨着他的胳膊。

柯利说："哎，我没别的意思，斯利姆，就是问问你而已。"

斯利姆说："嗯，你问得太过频繁了，我都烦死了。如你没法照顾好自己的老婆，那么你希望我能做什么呢？你解雇我吧。"

"我只是想告诉你：我没别的意思，"柯利说，"我只是想你可能见过她。"

"那你干吗不告诉她，就待在家里，待在她自己的地方？"卡尔森说，"你让她在工棚附近到处游荡，很快你就会有好果子吃，而且你还无能为力。"

柯利快速转身，面对卡尔森。"别搅和进来，除非你想到外面打一架。"

卡尔森笑了。"你这个混蛋，"他说，"你想吓唬斯利姆，却只是枉费心机。斯利姆把你给唬住了，你是个胆小鬼。哪怕你是国内最棒的次中量级拳击手，我也不在乎。如你来惹我，我就把你的头踢爆。"

坎迪兴高采烈地加入这场攻击："涂满凡士林的手套。"他一脸厌恶地说。柯利生气地瞪着他。他的视线从坎迪身上滑过，落到伦尼身上，双眼便放出光芒；此时，伦尼还沉浸在农场的记忆中，脸上带着愉悦的笑容。

柯利像只斗鸡似的走到伦尼面前。"你到底在笑什么？"

伦尼一脸茫然地看着他。"啥？"

然后柯利的怒火爆发了。"来吧，你这大个儿傻子。站起来。没一个大个子可以嘲笑我。我要让你看看谁是胆小鬼。"

伦尼无助地望着乔治，然后他站起来，想往后退。柯利站稳脚、沉住气。他用左手劈了伦尼一下，然后用右拳砸到他的鼻子上。伦尼发出惊恐的叫喊声，鲜血从鼻子中喷出来。"乔治，"他喊，"别让他过来，乔治。"伦尼连连后退，直至抵上墙壁，柯利步步紧逼，重重击打他的脸庞。伦尼的双手一直放在身侧；他太害怕了，没法进行自我防卫。

乔治站起来大喊："伦尼，抓住他，别让他打你。"

伦尼用大手掌盖住自己的脸，发出像羊咩似的惊恐叫声。"让他住手，乔治。"然后柯利击打他的肚子，让他无法呼吸。

斯利姆跳起来。"无耻小人，"他大喊，"我亲自来抓他。"

乔治伸出手，一把抓住斯利姆。"等一下！"他喊。他用双手在嘴边圈成喇叭状喊道："抓住他，伦尼！"

伦尼把手从他的脸上拿开，四处张望寻找乔治的身影，柯利向他的双眼狠狠砸过去。伦尼的大脸庞上鲜血淋淋。

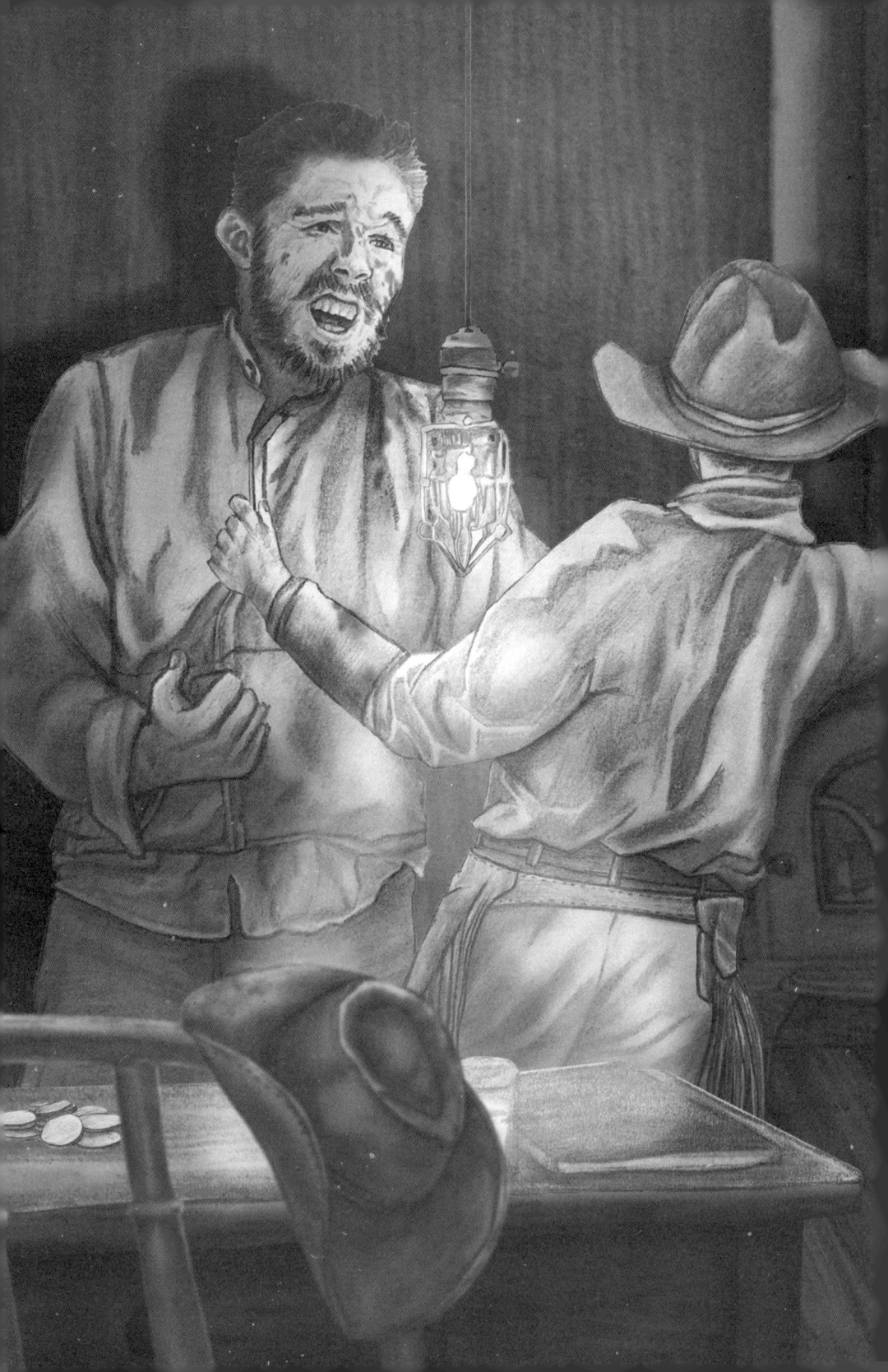

乔治又喊："我说抓住他！"

柯利的拳头正挥出去，这时，伦尼伸手握住了他的拳。下一刻，柯利就像被吊在鱼绳上扑腾的鱼一样，紧握的拳头被伦尼的大手死死拽着。乔治从房间另一侧跑过来。"放开他，伦尼。放开。"

可伦尼满脸惊恐地望着自己手里拽住的这个不停扑腾的小男人。鲜血从伦尼的脸上流淌下来，他的一只眼被弄破了，紧紧闭着。乔治一再扇他的脸，伦尼还是拽着那握紧的拳头。此刻的柯利脸色煞白，浑身颤抖，他的挣扎越来越弱。他大喊大叫地站在那里，拳头还在伦尼的手掌中。

乔治一遍一遍地喊："放开他的手，伦尼。放开。斯利姆，如果这个家伙还手，就来帮帮我。"

忽然之间，伦尼放开了手。他畏畏缩缩地蹲在墙边。"乔治，是你让我这么做的。"他可怜兮兮地说。

柯利坐在地板上，难以置信地望着自己那只被捏扁的手。斯利姆与卡尔森弯身去察看他的情况。然后斯利姆直起身，惊恐地看着伦尼。"我们必须把他送去看医生，"他说，"我觉得好像他手上的每根骨头都被捏碎了。"

"我不想的，"伦尼喊道，"我不想伤害他的。"

　　斯利姆说："卡尔森，你去把那架运糖的马车套好。我们把他带到索莱达镇，给他看大夫。"卡尔森急忙出了门。斯利姆转身对正在啜泣的伦尼说："这不是你的错，"他说，"都是这个混蛋自找的。可——天啊，他的手几乎要废了。"斯利姆匆忙出了门，不一会儿拿着一个锡铁杯回来，杯子里盛着水。他把杯子放到柯利的唇边。

　　乔治说："斯利姆，现在我们会不会被解雇？我们需要工钱。现在柯利老爹会炒了我们吗？"

　　斯利姆苦笑一下。他在柯利身边跪下。"你是否足够清醒，能听清我的话吗？"他问。柯利点点头。"嗯，那么听着，"斯利姆继续说，"我想你的手是被机器碾的。如若你不告诉别人发生了什么事，我们也不会说。可只要你告诉别人，让这家伙被炒掉，我们就会把发生的事情告诉每一个人，这样一来，你就会沦为笑柄。"

　　"我不会说的。"柯利说。他避开伦尼的视线。

　　屋外传来马车的车轮声。斯利姆扶起柯利。"现在来吧，卡尔森会把你带去看医生。"他扶柯利走出门。车轮声慢慢消失。一会儿，斯利姆返回工棚。他看着仍旧战战兢兢蹲在墙边的伦尼，提出了一个要求："让我们看看你的手。"

伦尼伸出手。

"我的天啊，我可不想让你再把我的手捏碎。"斯利姆说。

乔治插话进来解释道："伦尼只是吓坏了，他不知道该怎么做。我告诉过你，谁都不该来找他打架。不，我想我是告诉过坎迪。"

坎迪严肃地点点头。"你的确告诉过我，"他说，"就在今天早上，柯利第一次去挑衅你的朋友时，你说：'倘若他识好歹，最好别来惹伦尼。'你就是这样对我说的。"

乔治转向伦尼。"这并非你的错，"他说，"你无须再害怕。你只是做了我让你做的事。你或许最好到清洗房，洗把脸。你看起来糟糕透了。"

伦尼咧开瘀青的嘴巴笑起来："我不想惹麻烦。"他向房门走去，可就在抵达门槛那一刻，他转过身说："乔治？"

"怎么了？"

"我还能照顾兔子吧，乔治？"

"当然，你没干任何错事。"

"我不想伤害任何人的，乔治。"

"嗯，出去，把你的脸洗洗。"

四

他们每个人的脑海里都有一小块土地，可从来没有人真正得到它，它就像遥不可及的天堂。

黑人马夫克鲁克斯的床铺位于马具室内。马具室就是靠在牲口棚墙外的一间小木屋。马具室的一侧有扇正方形四格窗，另一侧有扇狭窄的木板门，能通到牲口棚。克鲁克斯的床铺是一个装满稻草的长条箱子，上面铺着毯子。带窗户的那面墙上钉着木钉，钉上挂着正在修理的损坏马具和新制的皮鞭，窗户之下有张小板凳，上面搁着处理皮革的工具、刻刀、刻针、亚麻线球和一把便携铆钉枪。木钉上还挂着几件马具：一条裂开的马颈圈，里面塞着的马毛伸了出来，一个断了的马颈轭以及一条套链，套链上的裂缝有皮革裹着。克鲁克斯把苹果柜架在床铺上方，柜架上放着一排药瓶，既有他自己用的，也有给马匹用的。架上还有几罐皮革清理膏以及一罐滴着油的油罐，油罐边上还插着一把油刷。房间地板上散落着许多个人物品。由于克鲁克斯一个人住，可以把自己的东西到处乱扔，而且作为马夫，同时还是个瘸子，他比旁人更有恒心，所以收罗了许多的物件，多得自己都拿不动。

　　克鲁克斯拥有好几双鞋子，一双橡胶靴，一个大闹钟

和一支单管猎枪。他还有书：一本破烂不堪的字典，一本撕坏的 1905 年加州民法。在他的床铺上方有个特殊的架子，上面放着一沓破旧的杂志以及几本脏兮兮的书。克鲁克斯的床铺上方的墙壁上有枚铁钉，铁钉上挂着一副金框眼镜。

因克鲁克斯是个骄傲清高的人，所以这个房间经过打扫收拾，很干净。他与众人保持距离，同时也要求别人与他保持距离。由于他的脊柱弯了，所以身体侧向左边；他的眼窝很深，由此显得眼神深邃；瘦削的脸庞上布满一道道黑皱纹；他的双唇很薄，唇色比脸色还淡，显得很凄苦。

这是星期六的夜晚。从通往牲口棚的那道门传来马匹移动、马步纷沓、马齿咀嚼干草、套链当啷的声音。马夫房间里的小电灯泡散发出昏暗的黄色光芒。

克鲁克斯坐在床铺上，身后的衬衫放在牛仔裤外。他一手拿着镇痛油，另一只手擦拭着脊背。他不时往粉红色的手掌倒入几滴镇痛油，把手伸到衬衫底下，往上再次擦拭，背脊上的肌肉收缩，浑身颤抖。

伦尼无声无息地出现在敞开的门口，站着往里张望，他那宽阔肩膀几乎塞满了整个门框。有那么一会儿，克鲁

克斯没有看到他，可当他抬眼看去，身子便不禁僵了一下，脸色沉了下来。他把手从衬衫下拿出来。

伦尼露出无助的笑容，想与他交友。

克鲁克斯毫不客气地说："你没有权利进入我的房间。这是我的房间。除了我以外，没人有权利进入这里。"

伦尼倒吸了一口气，笑容变得越发讨巧奉承。"我什么都不干，"他说，"只是来看我的狗崽。然后我看到你这里亮着灯。"他解释道。

"嗯，我有权亮着灯。你从我的房间滚出去。大家不欢迎我进工棚，我也不欢迎你进我的房间。"

"为什么不欢迎你进工棚？"伦尼问道。

"因为我是黑人。他们在那里打牌，可因为我是黑人，所以我不能打牌。他们说我满身恶臭。嗯，我告诉你，我觉得你们这些人才臭不可闻呢。"

伦尼无助地挥动他的大手。"所有人都到镇上去了，"他说，"斯利姆，乔治，每一个人。乔治说，我要留在这里，不惹麻烦。我看到你的灯亮着。"

"嗯，你想干吗？"

"什么都不干，我看到你的灯亮着，于是便想我可以进来坐坐。"

克鲁克斯盯着伦尼，把手伸到身后，取下眼镜，戴到自己粉红的耳朵上，调整好，再次盯着伦尼。"不管怎么样，我不知道你到牲口棚里干吗，"他抱怨说，"你又不是赶牲口的。他们根本不会把打谷的人叫进牲口棚。你不是赶牲口的。你跟马匹没有任何瓜葛。"

"狗崽，"伦尼重复了一句，"我来看我的狗崽。"

"嗯，那么去看你的狗崽吧。不要到一个你不受欢迎的地方。"

伦尼的笑容隐去了。他往房内踏入一步，然后想起了黑人的话，又退到门口。"我就是看它一会儿。斯利姆说我不能老摸它。"

克鲁克斯说："嗯，你老是把它拿出狗窝。我还奇怪呢，母狗怎么不把它挪到别处。"

"哦，它不在乎，它让我把它拿出狗窝。"伦尼再次走进房间。

克鲁克斯不悦地皱起眉头，可伦尼那令人卸下防备的笑容让他认了输。"进来坐会儿吧，"克鲁克斯说，"如果你不出去，不让我一个人待着，那么你就坐下吧。"他的口吻

带着一丝友好的意味。"所有人都到镇上去了，啊？"

"除了老坎迪，所有人都去了。坎迪就坐在工棚里削铅笔，边削边算。"

克鲁克斯调整了一下眼镜。"算？坎迪在算什么？"

伦尼几乎是喊出来的："算兔子啊。"

"你们是疯子，"克鲁克斯说，"疯疯癫癫，你们在说什么兔子呢？"

"就是我们马上要养的兔子，我会照顾它们，给它们割草，给它们喂水，还有各种各样的事情。"

"真是疯子，"克鲁克斯说，"跟你一起的那家伙对你置之不顾，我可不怪他。"

伦尼轻声说："不骗你，我们会养的。我们就要有一小块地，过上美美的生活。"

克鲁克斯让自己更舒适地躺在床上。"坐下吧，"他邀请伦尼，"坐在那个装钉子的小桶上。"

伦尼躬身坐在小桶上。"你认为这是骗人的，"伦尼说，"我可不骗你，每个字都是真的，你可以去问乔治。"

克鲁克斯用粉色的手掌托着黑色的下巴。"你跟乔治是一起的，对吗？"

"没错，我和他到哪儿都在一起。"

克鲁克斯继续说："有的时候，他说话，你都不知道他到底在说什么。对不对？"他倾身向前，用深邃的眼眸盯着伦尼。"对不对？"

"是的……有时候。"

"就是说个不停，你都不知道他说的是什么？"

"是的……有时候。可……并不是老这样。"

克鲁克斯探身到床边。"我可不是南方的黑人，"他说，"我就在加州出生。父亲有个养鸡场，大约有六十亩地。白人孩子到我们那里玩，有时候我跟他们一起玩，他们中的有些人特别好。父亲不喜欢我跟他们玩。许久之后，我都不明白其中原委。可现在我明白了。"他犹豫了一下，他再度开口时，声音变得愈加柔和。"当时，数公里范围内，没别的黑人家庭。现在，这个农场上也没别的黑人，在索莱达镇也只有一个黑人家庭。"他笑着说，"如若我说什么，大家就会说：黑人就是这样说的。"

伦尼问："你觉得多久之后这些狗崽就足够大，可以让人摸了？"

克鲁克斯又笑了："倒是可以跟你说说话，你绝对不会

到处乱说，泄露秘密。几周之后，这些狗崽就没问题了。乔治心知肚明。他可以跟你说话，你什么都不明白。"他兴奋地倾身向前。"这只是个黑人的胡言乱语，马夫黑人。所以毫无意义，明白吗？反正你也记不住。这样的事我见过一次又一次，一个人跟另一个人说话，不管他是否听到、能否听懂，都没差别。其实，他们说话，或者一动不动地坐着，什么都不说，都没差别，没差别。"他越说越兴奋，到了最后，还用手拍起膝盖来。"乔治可以告诉你各种各样稀奇古怪的事，都没关系。只是说说而已，只是和另一个人在一起说说话而已。就这么简单。"他停顿了一下。

他的语调变得很柔和，令人信服。"假如乔治再也不回来，假如他不辞而别，不回来了。那么你怎么办？"

伦尼的注意力慢慢转到他所说的话上。"什么？"他问道。

"我说假如乔治今天晚上到镇上，你再也没了他的消息。"克鲁克斯带着某种隐隐的胜利感紧逼不舍。"假如这真的发生了……"他重复了一句。

"他不会这样做的，"伦尼大喊，"乔治不会这样做。我跟乔治一起很久了。他今天晚上会回来——"可对于他来说，这个怀疑实在是无法承受。"你认为他不会回来？"

看到他痛苦不堪，克鲁克斯乐得满脸放光。"谁都搞不清楚一个人会怎么做，"他冷静地观察着伦尼。"让我们这么说吧，他想回来，可做不到。假如他被杀了，或者受伤了，所以没法回来。"

伦尼绞尽脑汁，想要搞明白克鲁克斯的话。"乔治不会这样做，"他重复了一句。"乔治很小心，他不会受伤的。他从来都没受过伤，因为他很小心。"

"嗯，就是假设，只是假设他不回来了，那么你怎么办？"

伦尼的整张脸因忧虑而皱了起来。"我不知道。说吧，你到底在干吗？"他嚷嚷起来。"这不是真的，乔治不会受伤。"

克鲁克斯的话直戳伦尼的心。"要我告诉你会发生什么情况吗？他们会把你送到精神病院，会给你戴上项圈，像狗一样。"

忽然之间，伦尼的眼睛定住了，他一言不发，生气了。他站起来，盛气凌人地走向克鲁克斯。"谁伤害了乔治？"他问道。

克鲁克斯看到危险迫在眉睫，于是从床铺边缘往后退去，躲开伦尼。"我只是在假设，"他说，"乔治没有受伤。他很好。他一定会回来的。"

伦尼俯视着他。"你为什么要假设？谁都不能假设乔治受伤。"

克鲁克斯拿下眼镜，用手指擦了擦眼睛。"坐下吧，"他说，"乔治不会受伤。"

伦尼嘴里愤怒地低吼，走回装钉子的小桶坐下。"谁都不能说乔治受伤。"他咕哝着说。

克鲁克斯温柔地说："也许你现在明白了。你有乔治。你知道他会回来。假如你谁都没有。假如你因身为黑人，连工棚都进不去，连扑克牌都不能玩。你会有什么感觉？假如你只能坐在这里看书。当然，你可以整天都在玩扔马掌的游戏，直到天黑，可然后你还不得不去读书。书本没什么好处。一个人需要有人在身边。"克鲁克斯呜咽哀怨，"倘若身边一个人都没有，他会疯掉的。不管是谁，没关系，只要能在身边。我告诉你，"他大喊，"一个人太孤独，会生病的。"

"乔治要回来了，"伦尼用一种令人惊悚的声音打消自

己的焦虑，"也许乔治已经回来了。也许我最好去看看。"

克鲁克斯说："我不是有意要吓唬你。他会回来的。我只是自言自语而已。一个夜里孤身一人的家伙，坐在这儿或读书，或思考什么的。有时他在思考，他没法告诉自己世事为何如此，世事为何不是如此。倘若他看到某个事，他或许都不清楚是对是错。他没法求助于他人，问问他是否也看到了这事。他分辨不出来。他没有任何衡量之物。我在这看到过一些事。我没喝醉，我不清楚自己是否睡着了。倘若有人跟我在一起，他能告诉我，我是否睡着了，然后就好了。可我就是不知道。"此刻，克鲁克斯的视线正看着房间的另一侧，看着那扇窗户。

伦尼可怜兮兮地说："乔治不会抛下我离开的。我知道乔治不会这样做的。"

马夫继续如梦呓般说："我记得小的时候，老爹有个养鸡场。我有两个弟弟。他们总是与我很亲近，总在我身边。我们以前老是睡在同一个房间，同一张床，我们仨一起。有块长草莓的地，有块长苜蓿的地。阳光灿烂的清晨，我们将小鸡放到苜蓿地里。弟弟会坐在围栏杆上望着它们——都是些白色的小鸡。"

慢慢地，伦尼的兴趣转到他所说的话上来。"乔治说我们要用苜蓿来喂兔子。"

"什么兔子?"

"我们会有兔子，还有块长浆果的地。"

"你们是疯子。"

"我们也有坚果[1]，你问乔治。"

"你们是疯子。"克鲁克斯鄙视地说，"我见过成百上千的人沿马路来到农场，他们背上背着铺盖卷，脑袋里都想着同一件事情。成百上千个。他们来了又走，走了又来。他们每个人的脑海里都有一小块土地，可从来没有人真正得到它，它就像遥不可及的天堂。每个人都想拥有一小块土地。我在这里读了很多书。没有人能抵达天堂，没有人能获得那片土地。它只是存在于他们的脑海里。他们老说这事，可它只是存在于他们的脑海里。"他停了一下，看向敞开的房门，因为此时有马匹在不安地移动，套链当啷。有匹马在嘶鸣。"我想外面有人，"克鲁克斯说，"可能是斯利姆。斯利姆每天晚上都要进来看看，有时候进来两三

1 译者注：在英文原文中，克鲁克斯和伦尼使用的词都是"nuts"，克鲁克斯用的是引申意"疯子"，而伦尼所指的是原意"坚果"。

次。斯利姆是个真正赶牲口的人。他把自己的牲畜照顾得很好。"他艰难地起身，往门口走去。"是你吗，斯利姆？"他大喊。

坎迪的声音传来。"斯利姆到镇上去了。哎，你看到伦尼了吗？"

"你是说那个大个子？"

"是的，你在附近看到他了吗？"

"他在这儿，"克鲁克斯简洁地说。他回到床上躺下。

坎迪挠着他那断手的手腕站在门口，茫然地望进亮着灯的房间里。他并没有想走进房间的意思。"告诉你啊，伦尼。我一直在想兔子的事。"

克鲁克斯烦躁地说："倘若你想进来，就进来吧。"

坎迪似乎有点儿尴尬。"我不知道该不该进来。如果你要我进来的话，我当然可以进来。"

"进来吧。如果每个人都进来了，你也可以。"克鲁克斯很难用愤怒来掩盖自己内心的喜悦。

虽然坎迪进了房间，可他还是一脸尴尬样儿。"你这个地方好舒服，"他对克鲁克斯说，"有个属于自己的房间肯定特别棒。"

"一点儿没错，"克鲁克斯说，"在窗户底下有个粪堆。一点儿没错，特别棒。"

伦尼插话进来："你刚才说兔子了。"

坎迪一边靠着破马颈圈旁的墙壁，一边挠着断手的手腕。"我在这儿时间很长了，"他说，"克鲁克斯在这时间也很长了。可这是头一次我进入他的房间。"

克鲁克斯一脸阴霾地说："大家不大会走进黑人的房间。除了斯利姆之外，没人进来过。斯利姆和老板。"

坎迪迅速转换话题。"在赶牲口的人中，斯利姆是我见到过的最棒的。"

伦尼向老清洁工靠过去。"兔子。"他锲而不舍。

坎迪笑了。"我算明白了。如果我们弄得好，可以靠兔子来挣钱。"

"可我要照顾它们，"伦尼插话说，"乔治说了，我要照顾它们。他答应过的。"

克鲁克斯粗鲁地打断他："你们这些家伙在搞笑呢。你们老喋喋不休，可你们并不拥有土地。你就是这里的清洁工，直到他们用箱子把你抬出去。这样的人，我见多了。两三周之后，伦尼就会离开，重新上路。就像每个人一样，

脑袋里想着一块土地。"

坎迪生气地擦了擦脸颊。"你说得太对了，我们会有一块土地。乔治说我们会的。我们现在有钱了。"

"是吗?"克鲁克斯说，"现在乔治在哪儿呢？在镇上的酒吧。你们的钱都到那儿去了。天啊，这种事，我见多了。我见过太多人，脑袋里想着他们的土地。他们从没得到过。"

坎迪大喊:"他们当然都想要。每个人都想要一小块土地，无须太大，只要属于他，只要他能赖以生存，谁都不能将他扫地出门。我没有土地。我为这个州里的几乎每个人都种植过作物，可那些不是我的作物，作物丰收时，也并非我的丰收。可我们现在要拥有一块土地，绝对不能出错。乔治在镇上没有钱。钱放在银行。我、伦尼和乔治，我们会有属于我们自己的房间。我们会养狗，养兔子，养鸡。我们会种绿油油的稻谷，或许还会有头牛或有头羊。"他住了嘴，沉醉在自己所描绘的画面中。

克鲁克斯问:"你说你们有钱?"

"一点儿没错。我们有了大部分的钱。只需再攒一点儿。一个月就凑齐了。乔治也把地选好了。"

克鲁克斯的手在身上摸来摸去，抚摸自己的脊背。"我从没见过有人真正去做，"他说，"我见过那些家伙因为想得到一块土地，被孤寂折磨得快疯了，可每一次，他们都把钱花在二十一点上了。"他犹豫着说，"……如果你们……这些家伙要为徒劳的——也就是他所承诺的——事而忙乎，为什么我不来帮把手呢？如果我想的话，我可以没那么瘸，可以不像孙子那样活着。"

"小伙子们，见着柯利了吗？"

众人猛地把头转向门口。柯利的妻子正往房里看。她的脸上画着浓妆，双唇微微开启，气喘吁吁，仿佛一直在奔跑来着。

"柯利不在这里。"坎迪没好气地说。

她一动不动地站在门口，对他们微微笑，一只手的拇指和食指摩擦着另一只手的指甲。她的目光从这个人身上转到另一个人身上，末了，她说："他们把弱的都留在这儿，以为我不知道他们都到哪儿去了吗？还有柯利。我清楚他们到哪儿去了。"

伦尼一脸痴迷地望着她；可坎迪和克鲁克斯沉下脸，皱起眉，不去看她的眼睛。坎迪说："既然你知道，那为什

113

么还要问我们柯利在哪儿呢?"

她饶有趣味地看着他们。"真好玩儿,"她说,"倘若我逮住某个人,他是独自一人的话,我会跟他相处很好。可假若让两人在一块儿,你们就无话可说,只是生气。"她放下手指,"究其缘由,就是你们都害怕对方。你们每个人都怕别人会害自己。"

大家沉默片刻,克鲁克斯说:"现在,你也许最好回到你自己的房间。我们不要惹麻烦。"

"嗯,我不会给你们添麻烦的。你们觉得我不想跟人说会儿话吗?我想老在房子里待着吗?"

坎迪把断手的手腕放在膝盖上,用手轻轻地揉着。他用责备的口吻说道:"你有丈夫,他可以跟你说话。"

女孩愤怒了。"没错,我有丈夫。你们都见过他。很棒的一个人,对吧?整天说要对他不喜欢的人这样那样,而他谁都不喜欢。你们以为我想待在那弹丸大的房子里,听着柯利说他怎么使用左勾拳,然后使出右交叉拳?'左右连击',他说,'左右连击,他便会倒下。'"她停了一下,脸上的愠怒消失,变得兴致盎然:"说吧,柯利的手怎么了?"

大家陷入尴尬的沉默。坎迪偷偷看了伦尼一眼，然后咳了一下说："嗯……柯利……夫人，他的手夹到机器里，被碾碎了。"

她仔细看了他们一会儿，然后笑了起来。"胡扯！你想糊弄我什么？柯利肯定是碰到什么钉子，无法善后。夹到机器里了，胡扯！他的手一旦被碾碎，他就再也不能左右连击了。谁把他的手捏碎了？"

坎迪阴郁地重复了一句："夹到机器里了。"

"好吧，"她轻蔑地说，"好吧，倘若你想的话，就替他瞒着吧。我在乎什么呢？你们这些到处流浪的傻瓜，完全自以为是。你们认为我是什么，孩子吗？我告诉你们我本可以上舞台表演，还不止一次呢。有人曾经告诉过我，他能给我找到星探……"她气得上气不接下气。"星期六晚上，每个人都出去了。每个人！而我在干吗呢？站在这里，跟一群傻瓜流浪汉说话：一个黑人佬，一个笨蛋，一个吵吵闹闹的老废物，只能这样，因为没别人了。"

伦尼嘴巴半张、呆呆地望着她。克鲁克斯则退回黑人可怕的保护性尊严中。可老坎迪却变了个人似的。他突然站起来，把装钉子的木桶往后一踢。"够了，"他怒气冲冲

地说，"这里不欢迎你。我们告诉过你，这里不欢迎你。我告诉你，你这个女人错看我们了。你那个呆鸡脑瓜根本看不到我们并非傻瓜。假如你让我们被解雇了，假如你真的让我们被解雇了，你认为我们会收拾包袱上路，再找一份像这样微不足道的工作。你根本不知道，我们要去我们自己的农场，要去我们自己的房子。我们不会待在这里。我们有房子，有鸡，有果树，那是一个比这里美上百倍的地方。我们有朋友，这就是我们所拥有的。可能有一段时间我们害怕被解雇，可我们不再害怕了。我们有自己的土地，那是我们的，我们可以去那儿。"

柯利的妻子嘲笑他："胡扯。你们这样的人我见多了。倘若你们身上有点儿钱，你们就会吃吃喝喝，挥霍精光。我了解你们这些家伙。"

坎迪的脸变得越来越红，可她没把话说完前，坎迪控制着自己。他极识时务。"我明白了，"他温柔地说，"你最好走开，干你自己的事。我们对你根本无话可说。我们知道自己有什么，你明不明白，我们不在乎。所以，你或许最好现在就走，因为柯利也许并不想让他的妻子在牲口棚外跟我们这些'傻瓜流浪汉'一起。"

她的视线在他们脸上转来转去，他们全都将她拒之门外。她的视线在伦尼脸上停留的时间最长，直到伦尼尴尬地垂下眼。忽然，她说："你脸上怎么会有那些瘀痕？"

　　伦尼羞愧地抬起眼睛。"谁——我吗？"

　　"是的，你。"

　　伦尼看着坎迪，向他寻求帮助，然后他又看向自己的膝盖。"他的手被夹在机器里了。"他说。

　　柯利的妻子笑了。"好吧，机器。我回头跟你说话。我喜欢机器。"

　　坎迪插话进来："你别来惹这个家伙。别在他身上打主意。我会把你的话告诉乔治。乔治不会让你打伦尼的主意。"

　　"乔治是谁？"她问，"就是和你一起的那个小个儿？"

　　伦尼开心地笑起来。"就是他，"他说，"就是那个家伙，他要让我照顾兔子。"

　　"嗯，倘若那就是你唯一想要的，我可以亲自给你弄一对兔子。"

　　克鲁克斯从床铺上站起来，面向她。"够了，"他冷冷地说，"你无权进入黑人的房间。你根本无权在这里惹是

生非。现在你出去，赶快出去。如果你不出去，我就跟老板说，永远不让你再进牲口棚。"

她轻蔑地转向克鲁克斯。"听着，黑人乡巴佬，"她说，"如果你乱说话，你知道我能对你干什么！"

克鲁克斯惨淡地盯着她，然后坐到床上，不再说话。

她再逼一步。"你知道我能干什么？"

克鲁克斯似乎变小了，他紧紧靠在墙边。"是的，夫人。"

"嗯，那么待在你自己的地方吧，黑人乡巴佬。我可不是开玩笑的，我能轻而易举地把你吊到树上。"

克鲁克斯变得如尘埃般无足轻重。个性没了，自我没了，没有任何东西能激起他的欢喜或厌恶。他说："是的，夫人。"他的声音单调而呆板。

有那么一会儿，她俯视着他，仿佛只待他一动，就能再次恶狠狠地叱责于他，可克鲁克斯一动不动地坐着，目光避开她，有可能引来伤害的一切都偃旗息鼓了。最后，她转身面对另外两位。

老坎迪正出神地看着她。"我们看得出来，你是否会这样做，"他轻声说，"我们看得出来，你在诓骗克鲁克斯。"

"看得出来，"她大喊，"没人会听你们的话，你心知肚明。没人听你们的话。"

坎迪的声音越来越弱。"是的……没人会听我们的。"

伦尼呜咽道："我希望乔治在这里。我希望乔治在这里。"

坎迪走向他。"你无须担心，"他说，"我刚听到那些家伙进来了。我猜乔治此刻正在工棚里。"他转向柯利的妻子，"现在你最好回去，"他轻声说，"如果你现在走，我们不会告诉柯利你曾来过这里。"

她对坎迪的话冷冷评价道："我不确定你听到了什么动静。"

"最好别碰运气，"他说，"如果你不确定，最好还是安全为上。"

她转向伦尼。"我很高兴你给了柯利一点儿教训。他自找的。有时候，我都想亲自教训教训他。"她飘飘然出了门，消失在漆黑的牲口棚里。当她走过牲口棚时，套链当啷作响，有些马在喷鼻息，有些马在跺马蹄。

克鲁克斯似乎慢慢地从自己裹着的保护层里出来了。"你说那些家伙回来了，是真的吗?"他问。

"当然，我听到他们的声音了。"

"嗯，我什么都没有听到。"

"大门砰地响了，"坎迪说，然后他继续说，"天啊，柯利的妻子走起路来悄无声息。不过，我想她一定练了很久。"

此时，克鲁克斯全然回避这个话题。"也许你们最好离开，"他说，"我不确定我这里是否会再欢迎你们。黑人可是有些权利的，尽管他自己并不喜欢这些权利。"

坎迪说："那个女人不该对你说那些话。"

"没关系，"克鲁克斯呆滞地说，"你们进来坐，让我都忘了。她说得确实没错。"

外边的牲口棚里，马匹喷起鼻息，套链响起，有个声音喊道："伦尼！哦，伦尼，你在牲口棚里吗？"

"是乔治！"伦尼大喊。然后他回答道："这里，乔治。我在这里。"

不一会儿，乔治就站在门框处，心怀不满地四处张望。"你在克鲁克斯房里干什么？你不该进到这里来。"

克鲁克斯点点头。"我告诉他们了，可他们还是进来了。"

"嗯，为什么你不把他们赶出去？"

"我并不是很在乎，"克鲁克斯说，"伦尼是个好人。"

这时，坎迪自己发了话："哦，乔治！我一直在算啊算。我弄出来了，我们怎么样还能用兔子来挣点钱。"

乔治生气地皱起眉头。"我想我跟你说过，不要把这件事告诉别人。"

坎迪变得垂头丧气。"除了克鲁克斯，我没告诉任何人。"

乔治说："嗯，你们从这里出去。天啊，看起来我一分钟都不能走开。"

坎迪和伦尼站起来，走向门口。克鲁克斯叫了一声："坎迪！"

"哈？"

"还记得我说过的希望做些零工的话吗？"

"是的，"坎迪说，"我记得。"

"嗯，忘了吧，"克鲁克斯说，"我不是认真的。只是玩笑话。我不想去那样的地方。"

"嗯，好吧，如果你是这样觉得的话。晚安。"

三人出门而去。当他们穿过牲口棚时，马匹喷鼻息，套链当啷响。

　　克鲁克斯坐在床上，看了门口一会儿，然后伸手拿起那瓶镇痛油。他将背后的衬衫扯出来，往粉色的掌心倒上一点儿镇痛油，往身上四处抹开，然后慢慢地开始擦拭后背。

五

有那么一会儿，时光留驻，萦绕不去，仿佛漫长了许多，而这种情形时有发生。

在巨大的牲口棚尽头堆着高高的新干草，草堆上方的皮带轮上挂着个四爪稻草爪。如山高的干草倾泻下来，滑向牲口棚的另一端，还有一个平坦处尚未填满新稻谷。牲口棚两侧排着饲料架，畜栏夹板之间可以看到马匹的脑袋。

　　此时是礼拜日的下午。畜栏里留下的马匹在咀嚼着剩下的小捆干草，它们踏着马蹄，一点一点地啃咬着食槽的木头，套链在啷啷作响。缕缕午后阳光从牲口棚壁的缝隙间透进来。牲口棚里成群的苍蝇在慵懒的午后飞来飞去，嗡嗡作响。

　　牲口棚外传来马掌撞击铁桩发出的铿锵声，还有男人们的叫喊声，那是他们嬉戏、鼓动、嘲讽的叫喊声。可牲口棚里安安静静，唯有苍蝇的嗡嗡声，唯有慵懒暖和的气息。

　　棚里只有伦尼一人。在没有塞满干草的一侧，伦尼坐在饲料架下一个货箱边上的干草堆里。他坐在干草堆里，看着躺在他面前死去的小狗崽。伦尼看了它很久，然后伸出他的大手，轻轻地摸呀摸，把小狗崽从头到脚清理干净。

　　然后伦尼轻声对小狗说:"你怎么就死了?你可不像小老鼠那么娇小。我并没把你晃得很厉害啊。"他抬起狗崽的脑袋,看着它的脸,对它说:"如果乔治知道我把你弄死了,也许他就不会让我照顾兔子了。"

　　他挖了一个小坑,把小狗放进去,用干草把它盖好,小狗看不见了,可他继续盯着自己筑起的草堆。他说:"这事还没那么坏,我不用躲到灌木丛中。哦!还没,还没那么坏。我会告诉乔治,我发现你死了。"

　　他又把狗崽挖出来检查,轻轻地从头到尾摸着。他继续伤心地说:"可他会知道的。乔治总是知道的。他会说:'这是你干的。别想在我这里糊弄过去。'然后他会说:'正是因为这样,你不能照顾兔子了!'"

　　忽然,他火冒三丈。"你真没用,"他大喊,"你怎么就死了?你可不像小老鼠那么娇小。"他抓起狗崽,用力扔出去。他转身背对它,屈膝坐下低语:"现在我不能照顾兔子了,现在他不会让我照顾兔子了。"他哀伤地来回晃动身体。

　　棚外传来马掌撞击铁桩的声音,紧接着是一阵欢呼雀跃声。伦尼站起来,把小狗抱回来,安放在干草上,然后坐下。他再次抚摸狗崽。"你还不够大，"他说，"他们告诉过我，告诉过我，你还不够大。我不知道你会那么容易就死掉。"他用手指摸着小狗了无生气的耳朵。"也许乔治不在乎，小狗对他来说一文不值。"

柯利的妻子来到最后一个畜栏。她的到来那么悄无声息，所以伦尼没看到她。她身穿亮丽的棉布裙，拖鞋上有鲜红的鸵鸟羽毛。脸上化着妆，小卷毛梳得整整齐齐。等到她快到伦尼跟前，伦尼才抬起头看到她。

他慌里慌张地用手指扒起干草盖住小狗，然后抬眼阴郁地看着她。

她说："你在这干什么呢，小伙子?"

伦尼盯着她："乔治说我不能跟你有任何瓜葛，不能跟你说话，或干其他事。"

她笑了。"乔治什么事都给你命令吗?"

伦尼低头看着干草。"他说如果我跟你说话，或干其他事，我就不能照顾兔子。"

她轻声说："他是怕柯利会生气。嗯，柯利的手臂还吊着绑带呢，而且，如若柯利犯起横来，你可以打断他的另一只手。说什么夹在机器里，你们糊弄不了我。"

可伦尼并不上当。"不，我不跟你说话，也不跟你干任何事。"

女孩跪在伦尼身旁的干草上。"听着，"她说，"所有人都在玩扔马掌比赛。现在才大约四点钟。他们谁都不会从比赛中抽身出来的。为什么我不能跟你说说话呢？我都没有可以说话的人，实在孤单极了。"

伦尼说："嗯，我不该跟你说话，不该跟你干任何事。"

"我很孤单，"她说，"你可以跟大家说话，可我呢，除了柯利，跟谁都不能说话。否则的话，他就大发雷霆。跟谁都不能说话，你觉得公平吗？"

伦尼说："嗯，我不该这样做。乔治害怕我惹上麻烦。"

她变换话题。"你在那藏什么呢？"

于是，伦尼所有的悲痛又回来了。"只是我的狗崽，"他难过地说，"只是我的小狗崽。"他把盖在小狗身上的干草拨开。

"哎呀，它死了！"她大喊。

"它那么娇小，"伦尼说，"我只是跟它玩儿而已……它好像要咬我……我就假装想要拍它一掌……于是……于是我做了。然后，它就死了。"

她安慰伦尼："你无须担忧。它只是只杂种狗。你很容易就能再弄一只。乡下到处都是杂种狗。"

"没那么多，"伦尼可怜兮兮地解释说，"现在乔治不会让我照顾兔子了。"

"为什么他不让？"

"嗯，他说过，倘若我再干坏事，他就不让我照顾兔子。"

女孩愈加靠近伦尼，抚慰他说："跟我说话你用不着担心。你听那些家伙在外面嚷嚷。他们为比赛押了四块钱。比赛没结束前，他们谁都不会离开的。"

"如果乔治看到我跟你说话，定会狠狠修理我的。"伦尼小心翼翼地说，"他跟我说过。"

她的脸上露出愤怒的神色。"我怎么了？"她大喊，"我无权跟别人说话吗？总之，他们把我当什么人了？你是个好人。我不明白为什么我不能同你说话。我又不会害你。"

"嗯，乔治说你会把我们搞得一团糟。"

"啊，傻瓜！"她说，"我能带给你什么样的伤害呢？看来他们谁都不在乎我过的是怎样的生活。我告诉你，我不要这样活着。我会有所成就。"她阴沉地说，"也许我会

的。"然后她激动起来，话语源源不断地流出，仿佛她要在倾听者被带走前赶紧把话都讲完。"我就住在萨莱纳斯镇，"她说，"我很小的时候就来到那里。嗯，镇上举办过演出，我遇见其中一位演员。他说我可以跟演出队走。可我老妈不让我走。她说因为我只有十五岁。可那个家伙说我可以。你想啊，如果我走了，就不会像这样活着。"

伦尼来来回回摸着小狗。"我们会有一小块地，还有兔子。"他解释着。

女孩觉得自己的话不该被打断，于是继续快速地讲述自己的故事："又有一次，我碰到一个家伙，他是个星探。我跟着他去了河滨的歌舞剧院。他说他要让我拍电影。说我天生就是块当演员的料。很快他就要回到好莱坞，他会给我写信，告诉我这件事的进展。"她仔细观察伦尼，看自己有没有给他留下深刻印象。"我从没收到那封信，"她说，"我一直想是我老妈把信偷走了。哎，我不能留在一个将我困死、没有前途的地方，不能留在一个有人偷信的地方。我也问过她是不是把信偷走了，她说没有。所以我嫁给了柯利。我就是那个晚上在河滨的歌舞剧院与他相遇的。"她问，"你在听吗？"

"我吗？当然在听。"

"嗯，我此前从来没跟别人说过这句话。也许我不该同别人说。我不喜欢柯利。他不是好人。"因为她已向伦尼吐露心声，于是便又进一步靠近伦尼，坐到他身边。"我可以演电影，穿上漂亮的衣服，就像演员们所穿的那些漂亮衣服。我可以坐在大酒店里，会有星探来挖掘我。有试映的时候，我就会去参加，对着广播器说话，因为我是星探介绍的，所以分文不花。还可以穿上像演员们所穿的那些漂亮衣服。因为那家伙说我天生就是块当演员的料。"她抬眼看着伦尼，为了显示自己能表演，她小幅度地摆动了一下手与胳膊，做出一个郑重其事的手势：腕部扬起，纤指翻转，小指娇贵地翘起。

伦尼深深地叹了口气。棚外传来马掌撞击金属的铿锵声，然后是众人的欢呼声。"有人投了套环。"柯利的妻子说。

此刻，太阳已经落山，光线正在抬升，余晖映射的道道光影爬上了墙壁，落到饲料架上，照在马头上。

伦尼说："如果我把小狗拿出去扔掉，乔治也许永远都不知道。那么，我就不会有麻烦，就可以照顾兔子。"

柯利的妻子生气地说:"除了兔子,难道你就不想别的吗?"

"我们会有一小块地,"伦尼不厌其烦地解释,"我们会有一栋房子,一个菜园,还有一块长苜蓿的地方,苜蓿是用来喂兔子的,我会弄个架子,上面放满苜蓿,然后把它们喂给兔子吃。"

女孩问:"你怎么会对兔子这么痴迷?"

伦尼必须认真想了想,才确定自己要说什么。他小心翼翼地靠近女孩,直到他的脸对着她的脸。"我想摸好玩儿的东西。有一次在集市上,我看到一些长毛兔。你知道啦,它们很好玩儿。有时候我还摸老鼠,可只是当我没有更好玩儿的东西的时候。"

柯利的妻子稍稍拉大自己与伦尼的距离。"我认为你是个疯子。"她说。

"不,我不是,"伦尼热切地解释道,"乔治说我不是,我喜欢用手指摸好玩儿的东西,柔软的东西。"

她略微放下心来。"嗯,谁不喜欢呢?"她说,"人人都喜欢摸柔软的东西。我喜欢抚摸天鹅绒。你喜欢摸天鹅绒吗?"

伦尼开心地呵呵笑起来。"你知道啦，天啊！"他快乐地大喊。"我也有一些天鹅绒。有个女士给了我一些，那个女士是——我亲阿姨克拉拉。就是她给了我天鹅绒——一大块。真希望我现在就拿着那块天鹅绒。"他的脸皱了起来。"我把它弄丢了，"他说，"我好长时间没看见它了。"

柯利的妻子笑话他说："你是个疯子，你是个挺好的人，像个大孩子。不过大家能看出来你是什么样的人。我梳头的时候，有时候也会摸摸头发，因为它是那么的柔软。"为了演示自己抚摸头发的模样，她用手指在头顶抚摸了一下。"有些人的头发很粗糙，"她得意扬扬地说，"譬如说柯利。他的头发就像电线丝一样。可我的又软又细。因为我常常梳理它。这让我的头发很柔滑。这里，你摸摸这里。"她拿起伦尼的手，放到自己的头上。"在这摸一摸，你就会明白它有多柔软。"

伦尼的大手指摸了摸她的头发。

"你别弄乱了。"她说。

伦尼说："哦！真好玩儿，"他更使劲地摸着，"哦，真好玩儿。"

"小心，现在你把它弄乱了。"女孩生气地大喊，"现在

133

住手，你会把它全弄乱了。"她猛地把头歪到一边，伦尼的手指紧紧抓住她的头发不放。"放手。"她大喊，"你放手！"

伦尼慌了，他的脸扭曲起来。然后女孩尖声大叫起来，伦尼的另一只手捂住她的口鼻。"请别叫。"他恳求，"哦！请别这样做。乔治会生气的。"

女孩在伦尼的手掌下猛力挣扎，双脚在干草上乱蹬，扭动身体想要挣脱；接着，一声窒息的尖叫从伦尼的手掌下传出。伦尼开始惊恐地大叫："哦！请别这样做，乔治会说我干了坏事。他不会让我照顾兔子的。"伦尼将手稍稍移开一点儿，女孩嘶哑的叫声从他的手底下传出来。于是伦尼生气了。"现在，别叫。"他说，"我不让你嚷嚷。就像乔治说的那样，你会让我惹上麻烦的。现在你别嚷嚷。"女孩继续挣扎，眼神因慌乱而惊恐。然后伦尼摇晃她的身体，他很生她的气。"你别嚷嚷。"他一边说，一边摇着她。她的身体就像扑腾的鱼一样摆来摆去。然后她就不动了，因为伦尼把她的脖子拧断了。

伦尼低头看着女孩，小心翼翼地将手从她的嘴上移开，她一动不动地躺在那里。"我不想伤害你，"他说，"可如果你嚷嚷，乔治会生气的。"她既不回答，也不动弹，于是伦尼弯身靠近她。他抬起她的胳膊，再放开，胳膊掉了下来。他似乎疑惑了一会儿。然后惊恐地低语："我干坏事了。我又干了件坏事。"

他用手把干草扒拉过来，直到干草把她的一半身躯盖了起来。

牲口棚外传来男人的叫喊声，马掌连击金属发出的铿锵声。伦尼第一次注意到外头的情况。他蹲到干草里倾听。"我干了件真正的坏事。"他说，"我不该这样做。乔治会生气的。而且……他说……要躲进灌木丛，直到他来。他会生气的。躲进灌木丛，直到他来。他就是这么说的。"伦尼走回来，看着死去的女孩。那只小狗就躺在她的身侧。伦尼捡起小狗。"我会把它扔掉。"他说，"这样已经够糟糕的了。"他把小狗放到外衣底下，蹑手蹑脚地走到牲口棚壁，从缝隙间往外瞥，看向正在玩扔马掌游戏的人。然后他蹑手蹑脚地走到畜栏尽头，消失无踪。

这时，那一道道的光影已升到墙头，牲口棚里的光线变得柔和起来。柯利的妻子仰面躺在地上，一半的身躯掩盖在干草之下。

牲口棚里静悄悄的，午后的静谧弥漫在农场之上，甚

至连扔马掌的铿锵声，甚至游戏里男人的叫喊声，似乎都变得更安静了。随着棚外的天慢慢变黑，牲口棚里昏暗起来。棚里有扇用干草扎成的门敞着，一只鸽子从这扇门飞进来，盘旋一会儿之后，又飞出去。畜栏尽处来了一条母牧羊犬，体形又瘦又长，还坠着大大的乳头。它正走向放狗崽的箱子，半道闻到了柯利死去妻子的气息，于是背脊上的狗毛都竖了起来。它低嗥着，畏畏缩缩地走到那个箱子，跳进狗崽堆里。

柯利的妻子躺在那里，身上半掩着黄草。所有的刻薄、算计、不满，以及对关注的渴望都从她的脸上消失了。她非常漂亮，天真单纯，脸蛋甜美而年轻。此刻，她脸颊绯红，双唇红艳，让她看起来仿佛还活着，只是微微睡着了而已。脑后如小香肠的卷毛铺散在干草上，娇唇微张。

有那么一会儿，时光留驻，萦绕不去，仿佛漫长了许多，而这种情形时有发生。其间，声音停歇，生息全无。

然后，慢慢地，光阴再次苏醒，又开始缓缓流逝。饲料架的另一侧，马匹踩踏地面，套链当啷作响。外面男人的声音变得越来越响亮，越来越清晰。

畜栏尽处传来老坎迪的声音。"伦尼，"他喊道，"哦，伦尼！你在里面吗？我又想出了一些主意。告诉你啊，我们能做什么，伦尼。"老坎迪出现在最后一个畜栏处。"哦，伦尼！"他又喊了一声，然后他停住了，浑身绷紧。他用光秃秃的手腕擦了擦白短须。"我不知道您在这儿。"他对柯利的妻子说。

女孩没有答应，于是他走近一些。"您不该睡在这里。"他带着责备的口吻说，然后他来到她身旁，接着——"哦，天啊！"他无助地一边四处张望，一边擦着他的胡子。接着他跳了起来，快速走出牲口棚。

可此时，牲口棚里充满了生气。马匹在踩踏喷鼻，咀嚼垫草，撞击套链上的链子。过了一会儿，乔治跟着坎迪一起回来。

乔治说："你要我看什么？"

坎迪指了指柯利的妻子。乔治仔细看去。"她怎么了？"他问。他靠近一点儿，然后他重复着坎迪的话："哦，天啊！"他跪倒在女孩身旁，用手探了一下她的心脏，最后慢慢地、僵挺地站起来，整张脸绷得像石头一样僵硬，两眼发直。

坎迪说："怎么办？"

乔治冷冷地看着他。"你有主意?"他问,坎迪默不作声。"我应该料到,"乔治绝望地说,"我想也许我心里早已料到。"

坎迪问:"我们现在怎么办,乔治? 我们现在怎么办?"

很长一段时间之后,乔治回答:"我想……我们要告诉……大伙儿。我想我们要找到他,把他锁起来。我们不能让他逃走。唉,这个可怜的疯子会挨饿的。"他试着自我安慰,"也许他们把他锁起来,会好好待他。"

可坎迪激动地说:"我们要让他逃走。你不了解那个柯利。柯利会对他用私刑处死的。柯利会杀了他的。"

乔治望着坎迪的双唇。末了,他说:"是的,没错,柯利会的。而且其他人也会的。"他回头看着柯利的妻子。

这时,坎迪以无比恐惧的口吻说:"你和我可以买下那一小块地,对吗,乔治? 你和我可以到那里好好生活,对吗,乔治? 对吗?"

乔治尚未做出回答,坎迪就已低下头,看着下面的干草。他心里明白。

乔治柔和地说:"我想我一开始就知道。我想,我知道我们永远都得不到那块地。以前他总是那么喜欢听,所以

我以为也许我们可以。"

"那么，全然不算了？"坎迪闷闷不乐地问。

乔治没有回答他的问题。他说："我会干一个月，拿上我的五十块钱，在某个台球室坐到所有人都回了家。然后我会回来，我会再干一个月，再拿到五十块钱。"

坎迪说："他是那么好的一个人。我没有想到他会干出这样的事。"

乔治依旧盯着柯利的妻子。"伦尼从来不会刻意干坏事。"他说，"他老是干坏事，可没有一件是刻意做的。"他直起身，回头看着坎迪。"现在听着，我们要去告诉大伙儿。我想他们要去把他抓回来。他们别无选择。也许他们不会伤害他。"他严厉地说，"我不会让他们伤害伦尼。现在你听着。那些家伙可能会认为我参与其中。我要去工棚。然后，十分钟之后，你出去，把她的情况告诉他们，我会跟着他们进来，表现得从没见过她似的。你会这样做吗？这样那些家伙就不会认为我参与其中了。"

坎迪说："当然，乔治，我当然会这样做。"

"好的，那么给我几分钟，然后你跑出去，告诉他们，就好像你刚刚发现她似的。现在我要走了。"乔治转身，迅速出了牲口棚。

老坎迪望着他离开，然后回过头无助地看着柯利的妻子，他的悲伤与愤怒慢慢化为言辞："你这个该死的女人，"他恶狠狠地说，"你干的，对吗？我想你开心了。每个人都知道，你会把事情搞得一团糟。以前你就不是好东西，现在你也不是好东西，你这个讨厌的人。"他的声音颤抖着，带着哭腔控诉，"我能锄菜园，能给大伙洗盘子。"他停顿了一下，然后继续以单调的语气唠叨下去，重复着那些老话："如果有马戏团或棒球赛……我们就去观看……只消说句'让工作见鬼去吧'，然后就去观看，无须征询任何人的意见。我们会养猪和鸡……到了冬天，圆圆的小火炉……下雨了……我们就闲坐着。"泪水模糊了他的双眼，他转过身，颤颤巍巍地走出牲口棚，用光秃秃的手腕擦着脸颊上的短须。

棚外游戏的喧嚣声停了下来。接着是众人纷纷的质问声，然后是咚咚咚的奔跑声，男人们冲进牲口棚：斯利姆、卡尔森，后面是年轻的惠特和柯利，克鲁克斯远远地跟在后头，远离众人注意的范围。坎迪跟在他们之后，最后一个是乔治。乔治穿上了自己那件蓝色的斜纹粗棉布外套，

衣服是扣好的，黑色的帽子拉得很低，盖着眼睛。大伙儿跑到最后一个畜栏处，在阴暗处发现了柯利的妻子。他们停住脚，定定地站着，看着。

然后斯利姆轻轻走过去，摸了一下她的脉搏。再用消瘦的手指碰了碰她的脸颊，接着用手探到她微微扭曲的脖子下方，手指摸着她的脖子，进行检查。当他站起身，大伙儿围了过来，魔咒被打破了。

柯利仿佛忽然之间活了过来似的。"我知道是谁干的，"他大喊，"那个傻大个子干的。我知道是他干的。嗯，其余的每个人都在外面扔马掌。"他勃然大怒。"我要去抓住他。我要拿着猎枪去。我会亲手杀了这个疯子。我会直接射他的腹部。来吧，伙计们。"他怒气冲冲地冲出牲口棚。卡尔森说："我去取我的鲁格尔枪。"然后也跑了出去。

斯利姆静静转向乔治。"我猜是伦尼干的，好吧，"他说，"她的脖子被拧断了。伦尼干得出来。"

乔治没有回答，却慢慢地点了点头。他的帽子低低压着前额，所以眼睛被盖住了。

斯利姆继续说："可能就像你说的韦德镇那时的情况一样。"

乔治又点点头。

斯利姆叹了一口气。"嗯，我想我们要去抓住他。你觉得他会到哪儿去了？"

乔治似乎花了一段时间才找回自己的话。"他——会往南走。"他说，"我们是从北部过来的，所以他会往南走。"

"我想我们要去抓住他。"斯利姆重复了一句。

乔治走到他身边。"也许我们能把他带回来，他们会把他锁起来？他是个疯子，斯利姆。他从来都不是刻意这样做的。"

斯利姆点点头。"我们可以。"他说，"如果我们能控制住柯利，就能把他带回来。可柯利想要杀死他。柯利还在为他的手生气。假如他们把他锁起来，打得死去活来，还锁在笼子里。那可不好，乔治。"

"我知道。"乔治说，"我知道。"

卡尔森跑进来。"那疯子偷了我的鲁格尔枪。"他大声嚷嚷，"枪不在我的包里了。"柯利跟在他身后，他那只没有受伤的手里拿着一杆猎枪。此时，柯利已经冷静下来。

"好了，伙计们，"他说，"黑人有杆猎枪。卡尔森，你去取来。如果你看到他，不要给他任何机会。直接射他的

肚子。那他必死无疑。"

惠特兴奋地说："我没有枪。"

柯利说："你到索莱达镇找警察。去找阿尔·威尔茨。他是副警长。现在走吧。"他带着怀疑的神色转身面对乔治说，"老兄，你跟我们一起走吧。"

"好的，"乔治说，"我会的。可柯利，你听着，那个可怜的大个子是个疯子。别杀死他，他不知道自己在干什么。"

"别杀死他？"柯利大喊。"他拿了卡尔森的鲁格尔枪。我们当然要杀死他。"

乔治弱弱地说："可能是卡尔森把枪弄丢了。"

"我今天早上还见过它，"卡尔森说，"不是的，它被偷走了。"

斯利姆站在那里，低头看着柯利的妻子。他说："柯利，也许你最好留在这里，和你的妻子在一起。"

柯利脸涨红了。"我要去，哪怕我只有一只手，也要亲手把那个大个儿疯子的肚子打烂。我要去抓他。"

斯利姆转身对坎迪说："坎迪，那么你留在这里，跟她在一起。我们其余的人最好都去。"

众人离去，乔治在坎迪身边停了一会儿，两人都低头看着死去的姑娘，直到柯利大喊："你，乔治！你要跟我们在一起，这样我们才不会认为你跟这事有关。"

乔治拖着沉重的脚步，慢慢跟在他们后头。

大家走后，坎迪蹲在干草上，望着柯利妻子的脸庞，轻轻说了句："可怜的人。"

众人的声音渐渐消失。牲口棚里慢慢暗下来。畜栏里，马匹在跺脚，套链在作响。老坎迪躺在干草上用手臂捂着眼睛。

六

你……和我一起。每个人都对你很好。不会再有麻烦。谁都不会伤害谁，谁都不会偷东西。

萨利纳斯河的那湾幽深的碧潭仍处于暮色之中。余晖已离开峡谷，爬升到加比兰山脉的山坡之上，在落晖的映照下，山尖呈现出一抹艳丽的玫瑰色，可潭边斑斑驳驳的梧桐树间则投下了宜人的树荫。

　　一条水蛇在碧潭水面滑行，状如潜水镜的蛇头左右扭来扭去。水面的树荫下，站着一只纹丝不动的鹭，水蛇游过水潭，来到鹭的腿边。突然，鹭的头和喙悄无声息地猛刺下来，将蛇头从水中拽出来，小蛇的尾巴拼命摇摆挣扎，鹭喙渐渐将小蛇吞下。

　　一阵疾风从远处呼啸着吹来，狂风过处，树梢如波浪起伏。梧桐树叶子的银色背面随风被翻转过来，地面枯黄的树叶则被风吹得急速平移了数米。狂风吹过，深潭碧绿的水面荡起一圈一圈的清波。

　　正如其猝不及防地到来，狂风又猝不及防地消失，空阔地再次静谧了下来。鹭站在浅水处，一动不动，静静守候。又有一条小水蛇游到潭面，左右摆动潜水镜似的蛇头。

　　忽然，伦尼从灌木丛中走出来，如蹑手蹑脚潜行的狗

熊般悄无声息地出现。那只鹭拍动双翼，从水中升起，往下游飞去。小蛇则滑入潭边的芦苇丛中。

伦尼悄悄来到潭边，跪下饮水，双唇几乎碰到潭水。一只小鸟掠过他身后的枯叶，于是伦尼猛地抬起头，双耳竖起聆听响起的声音，目光四顾寻找声音的来源，直到他看到小鸟的身影，然后再次低头饮水。

伦尼喝完水后，侧身对着水潭在岸边坐下，如此他便能看着小径的入口。他双手抱膝，下巴搁在膝盖上。

霞光在山坡上爬升离开峡谷，与此同时，笼罩着山尖的光芒越来越亮，如同火焰在燃烧。

伦尼轻声说："该死的，要知道，我没忘记。躲进灌木丛，等着乔治。"他把帽子拉低，盖着眼睛。"乔治会狠狠地修理我的。"他说，"乔治希望能独自一人，不让我去打搅他。"他转头看向明亮的山顶说："我能直接离开，找个洞。"然后他继续伤心地说："——再也没有番茄酱——可我不在乎。如果乔治不要我……我就离开。我就离开。"

然后在伦尼的脑海中，出现一位个子不高、体形肥胖的老妇人。她戴着一副厚厚的圆眼镜，身上围着一件带兜的方格棉布大围裙，衣服干净整洁，熨烫平整。她站在伦

尼面前，两手放在臀部，心怀不满地对他皱着眉头。

妇人开口说话时，传来的是伦尼的声音。"我同你说过了，我同你说过了，"她说，"我同你说过了，'跟着乔治，因为他是那么好的一个人，会好好待你的'。可你丝毫不在意，净干坏事。"

然后伦尼回答她："我努力了，克拉拉阿姨。我一再努力，可没办法。"

妇人继续用伦尼的声音说："你从没为乔治考虑过。一直以来，他都对你那么好。若他拿到一块饼，你总能得一半，或者更多。若他拿到的是番茄酱，他就会全给你。"

"我知道，"伦尼可怜兮兮地说，"我努力了，克拉拉阿姨。我一再努力。"

妇人打断他的话："如果不是因为你，他一直都能过得很好。他能拿着工钱，坐在台球室里玩斯诺克。可他不得不照顾你。"

伦尼悲伤地嗫嚅："我知道，克拉拉阿姨。我会直接走到山里，找个洞，我在那里生活，这样就不会再给乔治添麻烦。"

"你只是说说而已，"她严厉地说，"你总是说说而已，你心知肚明，你永远都不会这样做。你只会到哪儿都黏着乔治，让他始终都备受煎熬。"

伦尼说："我最好还是离开。现在乔治不会让我照顾兔子了。"

克拉拉阿姨消失了，伦尼的脑海里出现一只巨型兔子的身影，它蹲坐在伦尼面前，对着伦尼摇耳朵、皱鼻子。它也是用伦尼的声音来说话。

"照顾兔子，"它嗤之以鼻地说，"你这疯子。你根本就不会哄兔子。你会把它们抛诸脑后，让它们受饥挨饿。这就是你干的事。然后，乔治会怎么想呢？"

"我不会把它们抛诸脑后。"伦尼大声说道。

"拉倒吧，"兔子说，"老天爷都知道乔治已经竭尽所能，把你从下水沟里拽出来，可那毫无用处。如果你认为乔治还会让你照顾兔子，那么你真是比往常还疯了。他不会的。他会用木棍狠狠地揍你，这就是他会干的事。"

这时，伦尼不服气地反驳："他也不会的。乔治不会这样做。我从——我忘记什么时候了——就认识乔治了，他从来都没向我举起木棍。他对我很好，他不会对我刻薄的。"

"嗯，他讨厌死你了，"兔子说，"他会狠狠地揍你，然后弃你而去。"

"他不会的，"伦尼疯狂地大喊，"他不会这样做。我了解乔治，我们是一起的。"

可兔子一遍一遍轻声重复："他会弃你而去，你这个疯子。他会丢下你独自一人。他会弃你而去，你这个疯子。"

伦尼用手捂着耳朵："他不会，我告诉你他不会。"然后他大喊："哦！乔治——乔治——乔治！"

乔治从灌木丛中静静走出来，兔子"嗖"地跳回伦尼的脑海里。

乔治轻轻地说："你到底在嚷嚷什么？"

伦尼挺身立跪在地上。"你不会弃我而去，对吗，乔治？我知道你不会。"

乔治浑身紧绷着走过来，在伦尼身旁坐下。"不会。"

"我就知道。"伦尼大喊，"你不是那种人。"

乔治默不作声。

伦尼说："乔治。"

"嗯？"

"我又干了件坏事。"

"没关系。"然后乔治又默不作声。

这时，只有最顶尖的山脊才沐浴在余晖之中了。峡谷里到处是黛色柔和的暗影。远处传来男人相互吆喝的声音。乔治转过头，聆听这些吆喝声。

伦尼说："乔治。"

"嗯？"

"你会狠狠修理我吗？"

"狠狠修理你？"

"没错，就像你以前老干的那样。譬如，'倘若没有你，我就能拿着我的五十块钱——'"

"天啊，伦尼！发生的事你都记不住，却记得我说过的每个字。"

"嗯，你不会这样做吗？"

乔治摇摇头，木木地说："倘若我独自一人，能活得多么轻松自在。"他的声音单调呆板，毫无起伏。"我会找个工作，不会陷入麻烦。"他住了嘴。

"继续，"伦尼说，"月底来临——"

"月底来临，我可以拿着五十块钱，去……"他又住了嘴。

伦尼热切地看着他。"继续，乔治，你不再狠狠修理我了吗？"

"不了。"乔治说。

"嗯，我可以离开，"乔治说，"我能直接走进山里找个洞，如果你想我这样做的话。"

乔治又摇摇头。"不，"他说，"我要你跟我留在这里。"

伦尼狡黠地说："就像以前一样跟我说话。"

"跟你说什么？"

"说其他人，还有我们。"

乔治说："那些像我们一样的家伙没有家人。他们挣了一点点钱，然后就拿去喝酒，挥霍精光。在这个世界上，压根儿没人关心在意他们——"

"可我们不是这样，"伦尼开心地大喊，"现在说说我们。"

乔治安静了一会儿。"可我们不是这样。"他说。

"因为——"

"因为我有你，而——"

"而我有你。我们拥有彼此，这就是原因所在，我们关心在意的人。"伦尼欢欣鼓舞地大喊。

夜晚的微风吹过空地，树叶沙沙作响，并在碧潭中泛起道道清波。男人的叫喊声又传来了，这一次，距离比之前更近。

乔治取下帽子，声音颤抖着说："取下帽子，伦尼。空气很舒服。"

伦尼照他说的话摘下帽子，并把帽子放在面前的地面上。峡谷里的黛影更深了，夜晚快速降临。晚风带来有人踩踏灌木丛的声音。

伦尼说："跟我说说后面会怎样。"

乔治正在聆听这些从远处传来的声音。有那么一会儿，他看起来很严肃。"伦尼，看着河对岸，我会跟你说，让你仿佛历历在目。"

伦尼转过头，看向水潭对岸，抬眼往上看着加比兰山脉渐渐黑下来的山坡。"我们会有一小块土地。"乔治开始说。他伸手探入侧兜，拿出卡尔森的鲁格尔枪，他打开枪保险，手和枪放在伦尼身后的地面上。他望着伦尼的后脑勺，盯着脊柱与头盖骨相连处。

河流上游传来一个男人的叫喊声以及另一个男人的应答声。

155

"继续啊。"伦尼说。

乔治举起枪,他的手颤抖着,手又再次垂到地面。

"继续啊,"伦尼说,"会怎样?我们会有一小块土地。"

"我们会养头牛,"乔治说,"或许我们还会养头猪,还有小鸡……我们还会在平坦的地里……弄一小块长苜蓿的地——"

"用来喂兔子。"伦尼大喊。

"用来喂兔子。"乔治重复着。

"我来照顾兔子。"

"你来照顾兔子。"

伦尼开心地咯咯笑了起来。"过上美美的生活。"

"是的。"

伦尼转过头。

"别转头,伦尼。就看着河对岸,仿佛你能看到那个地方。"

伦尼听从他的话。乔治低头看着那把枪。

这时,灌木丛里传来有人冲过来的脚步声。乔治转身,看向灌木丛。

"继续啊,乔治。我们什么时候去干这件事?"

"很快去。"

"我和你一起。"

"你……和我一起。每个人都对你很好。不会再有麻烦。谁都不会伤害谁，谁都不会偷东西。"

伦尼说："我以为你会生我的气，乔治。"

"没有，"乔治说，"没有，伦尼。我没有生气。我从没生气，现在也不会生气。有一件事，我想让你知道。"

此时，那些声音很近了。乔治一边聆听着这些声音，一边举起枪。

伦尼恳求："让我们现在就去干吧，让我们现在就拿到那块地。"

"当然，就现在。我会的，我们会的。"

乔治抬起枪，稳住，把枪口靠近伦尼的后脑勺。虽然他的手剧烈颤抖，可他的神情坚定，于是手稳住了。他扣动扳机，枪声在山间回荡，一会儿升到山上，一会儿落到山下。伦尼的身体猛地震动一下，然后慢慢往前倾，倒在沙面上，一动不动地躺在那里。

乔治颤抖着，看着枪，然后将它扔出去，从岸边往后退，靠近那堆篝火灰。

　　整个灌木丛里仿佛都充斥着叫喊声，随之而来的是奔跑的脚步声。斯利姆在喊："乔治，你在吗，乔治？"

　　可乔治只是浑身僵硬地坐在岸边，看着自己的右手，他正是用右手把枪扔掉的。大伙儿冲到空地，柯利冲在最前头。他看到伦尼躺在沙地上。"上苍明鉴，逮到他了。"他走过去，低头看向伦尼，然后他回头看着乔治。"正中后脑勺。"乔治轻声说。

　　斯利姆直接走向乔治，在他身旁坐下，紧挨着他坐下。"不关你的事，"斯利姆说，"有时候，人不得已而为之。"

　　可卡尔森站着俯视乔治。"你怎么做到的？"他问。

　　"我就做了。"乔治疲惫地说。

　　"他拿了我的枪？"

　　"是的，他拿了你的枪。"

　　"于是你就把枪从他手里夺走，然后拿着枪，将他杀了？"

　　"是的，事情经过就是这样。"乔治用近乎耳语的声音低语。他定定地看着刚刚持枪的右手。

　　斯利姆拉起乔治的胳膊。"来吧，乔治。我和你一起去喝一杯。"

乔治让斯利姆扶起自己。"好的，喝一杯。"

斯利姆说："你必须去，乔治。我觉得你必须去。跟我一起去。"他领着乔治走上那条小径，走向公路。

柯利和卡尔森在他们身后看着。卡尔森说："你现在满脑子想的，是不是要把他们俩给生吞活剥了？"

译后记

麦秋林

接到本书的翻译任务，我既感荣幸，又觉忐忑。《人鼠之间》是诺贝尔文学奖得主约翰·斯坦贝克先生最著名的代表作品之一，在美国，深受读者喜欢。在中国，早在20世纪40年代，首版中文译本便已问世，此后不同的译本层出不穷，在中国读者中流传甚广。要对这样的一部作品进行重新翻译诠释，真是倍感压力。

作为译者，我唯有竭力忠于作者与作品的风格精神，通过自己的文字，将作品尽可能原汁原味地呈现出来。

《人鼠之间》是一部引人入胜的作品，斯坦贝克先生的文字貌似简单，但却极为有力，让读者根本无法拒绝。伦尼要求乔治一遍又一遍描绘他们"美美的生活"，众人起初认为这是不可能实现的美梦，而在这个心智不全的傻子不受任何世俗影响的顽固坚持之下，他们心中生出了卑微的希冀，愿意不顾一切，倾其所有，投入到

这份希望之中。可故事却以"乔治亲手结束伦尼的生命"画上句号。这无疑是诛心的情节设定，让人猝不及防。

在作者白描式的字里行间，作品人物栩栩如生：貌似精明、冷酷，实则细腻、善良的乔治；虽然心智不全，但却一尘不染的伦尼；年老顺命、无可奈何的坎迪与他那条垂暮的老狗；宛如判官的斯利姆；卑微自尊又渴望受到接纳的黑人克鲁克斯；跛尻无知到令人怜悯的柯利；爱慕虚荣、惹是生非的柯利妻子……我们仿佛进入了毕加索的立体主义作品，粗犷的线条，零碎的块状，在简单的场景中重新组合拼接起来，让读者得以从不同的角度观看每一个人物，从而构建其最为立体完整的形象。

面对风格如此鲜明、笔触如此有力的作品，在翻译的过程中，很多时候，我都是被作者的笔锋领着，来不及多加思索，译文便一气呵成。希望读者能从我的诠释中，领略到这部作品原本的魅力。